何海鳴短篇歷史小說集

孤軍

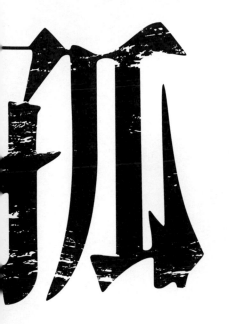

何海鳴——原著

蔡登山——主編

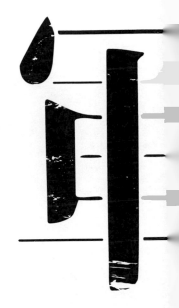

導讀 「棄武從文」卻附逆的何海鳴

蔡登山

他以一個文弱書生，始而投筆從戎，繼又操觚宣傳革命，辛亥革命時武漢首義有他，癸丑討袁，他孤軍據守南京二十餘日，名聞當時。後來不幸在種種挫折之後，聲光頓斂，偃蹇滬上，常為諸小報撰文為生，專談風月。他曾說：「予生二十餘年，曾為孤兒，為學生，為軍人，為報館記者，為假名士，為鴨屎臭之文豪，為半通之政客，為二十餘日之都督及總司令，為遠走高飛之亡命客。其間所能而又經過者，為讀書寫字，為演武操槍，為作文罵世，為下獄受審，為騎馬督陣，為變服出險，種種色色無奇不備。」他就是專寫「倡門小說」的何海鳴。

何海鳴（一八九一～一九四五），原名時俊，湖南衡陽人。筆名有一雁、衡陽孤雁、求幸福齋主等。他出生於廣東九龍，當七歲時，英國政府強迫清朝租界九龍半島，次年又鎮壓九龍人民的武裝鬥爭，激起幼年的何海鳴的義憤，他後來常對人說：不知今生還能重見其復為中國疆土否！一九〇六年，十五歲的他已讀畢五經四史及諸子書，下筆千言。他隻身來到武漢，考入兩湖師範禮字齋，不久因無力支付學費，改投湖北新軍第二十一混成協第四十一標一營當兵，隨後被挑選入隨營下士學堂學習。他當了兩年多下士及下級軍官，在軍隊中組織文學社，與當時新軍中的革命黨人蔣翊武（文學社社長，《大江報》領導人之一）一起，謀求推翻清朝政府。後因事洩被迫退出軍隊，任補習學校國文教員及軍操教習，並創青年學社。此時，湖北革命團體主辦的第一張機關報《商務日報》創刊，他被招聘為編輯，由此開始了報人生涯。

不久，他又跟隨蔣翊武到《大江報》任副總編輯，並兼做上海《民吁》、《民立》等報通訊員，繼續鼓吹革命。一九一一年七月十七日，他在《大江報》上發表〈亡中國者即和平〉的短評，激憤地痛斥清政府頒佈的憲法大綱，批駁改良派、立憲派分子企圖利用請願等「和平」方式來抵制革命的反動主張。認定「和平」是「亡中國」之道，是走不通的，只有革命才能拯救中國。在何文發表後九天國學大師黃侃更發表〈大亂者救中國之妙藥也〉，湖廣總督瑞澂以「言論激烈，語意囂張」及「淆亂政體，擾害治安」等罪名，於八月一日查封了報館，報紙被「永禁發行」；詹大悲和何海鳴同時被逮捕。這就是轟動一時的湖北「大江報案」。何海鳴先是被關進漢口的看守所，後因整日編戲詞大罵清政府而被押往禮智司，在慘遭毆打後，被判處死刑。在等待行刑之時，辛亥革命爆發，他被解救出獄，出任漢口軍分政府少將參謀長。

一九一三年宋教仁遇刺案發，中山先生力主討袁。據高拜石《古春風樓瑣記》，敘其事云，黃興於七月十五日入南京，稱總司令，前後僅十四日，因師長冷遹等受敵方賄買，自臨淮不戰後撤。二十八日，黃興決離寧，行前，海鳴謁黃，並說：「袁氏禍國，公為開國元功，當籌其大者重者，暫赴海外圖大舉，海鳴為激發革命士氣，擬統率所有兵力，和袁軍一拼，以示三軍將士之心，皆與公相同，惟有少數軍官不肖而已」。黃興以其志頗壯，給以萬金，叫他相機行事。海鳴便以此款發動幹部。八月八日，海鳴入居都署，再宣佈獨立，申電討袁。下午第八師師長陳之驥帶衛隊百餘人到都署，陳為馮國璋的女婿，與馮早通消息，他和海鳴素未謀面。一見海鳴，看他身材僅及中人，容貌也不出眾，對之頗為輕視，便大聲道：「你是什麼人？」海鳴道：「我何海鳴也」！之驥迴顧衛隊：「把這革命黨扣起來」！陳衛隊中不少是廣西籍，相顧疑愕，以何海鳴三字與胡漢民音相近，誤以為即胡漢民，出來後，告訴同鄉弟兄：「胡漢民是孫中山先生左右手，怎能讓革命偉人聽人宰殺？而忍心坐視」！這話一傳十，十傳百，立時傳遍軍中，時第八師兩廣籍弟兄在半數以上，韓恢見弟兄們竊竊偶語，查知其詳，便同平常和海鳴接近的那些幹部同志商量，不如將錯就錯，來發動一下。遂率眾百餘人呼噪入督署，一路喊：「釋放胡漢民」！「大家來解救革命偉人」！把陳之驥嚇得跑了，大家擁海鳴出，稱代黃興為臨時總司令，韓恢副總司令。不久，袁軍馮國璋、張勳兩部，自浦口、揚州分道渡江，把南京團團圍住，雷震春諸將也各率各部，從長江順流而下。海鳴倉卒中偕同韓恢並其參謀伏龍三個人，編整所部抵拒敵軍於堯化門，前後凡二十餘日。那辮子軍既殘且暴，張勳又有「攻下南京，任憑自由三日」之言，一個個志在必得。何海鳴孤軍獨戰，補給又感無著，直至八月三十一日，事勢已無可為，海鳴於敵軍進城時，尚匿在草堆中，想乘機化裝脫逃，後因搜查甚緊，避入日本海軍陸戰隊成賢街之駐屯哨所，至九月十日，始化裝乘日輪東渡。他後來回憶道：「癸丑秋，九月一日，金陵城破，集敗軍戰於雨花台，台陷，兵盡竄，炮彈如雨下，予憩於草地，倦極，歌聲乃作，同輩力止之，此情此景，使人不忘。」

他在日本還繼續從事反袁鬥爭，據說當時袁世凱曾懸賞十萬元購何海鳴之頭，袁世凱死後，何海鳴常以此自炫。他在《求幸福齋隨筆》中說：「流徙東瀛後，閒無一事，欲另編一項羽傳名曰《楚霸王》，以少參考書而罷。一日抑鬱甚，信口吟七律一，其詞曰：『人生如夢復如煙，明日白頭今少年。不向風塵磨劍戟，便當情海對嬋娟。英雄兒女堪千古，鬢影刀光共一天。沒個虞姬垓下在，項王佳話豈能傳？』」。

一九一五年三月，何海鳴以一介閒人身分由日本歸國回到上海。據高拜石說，在上海一段期間，海鳴和戴季陶最接近，時為黨人所營各報撰文。上海本是東南繁盛之區，聲色豪華，當時第一，開國英豪中自也有未能免俗，向此中寄情託興的。海鳴素以風流自賞，時尚未三十，且獨身，遂益無所忌憚，日久遂索性向娼門論起嫁娶了，但對季陶提起，諉說是同鄉世好，季陶信之不疑，並代為安排，約同志中眷屬作儐介。及期，海鳴所邀請來觀禮的，差不多都是北浙江路與蘇州河相近地區的所謂北里姊妹，戴先生初還不覺得，有某君者，本是「馬櫻花下常繫游驂」的翩翩年少，一見兩行紅粉，盡是老五老六小阿媛之輩，笑告戴氏，謂今日應稱「群芳大會」，戴大窘，責海鳴孟浪。海鳴大笑道：「一樣是天地生成就四肢七竅的人，何分貴賤？而且戚串中處境執業，安有盡皆相等者」？……兩人幾鬧不歡。

何海鳴自稱「予流落江湖二十年，惟妓中尚遇有好人」，因此當政治矛盾糾結難解時，「乃又復縱情北里上海一段期間」。他揚言「人生不能作拿破崙，便當作賈寶玉」。不過何海鳴對妓女還是有些同情的。早在一九一六年出版的《求幸福齋隨筆》中提出，「在世界上作人已是一件苦事，而作中國人更苦，中國人固然苦，而中國人中之女子為妓女者乃苦益無可倫比。予每一涉足花叢，必聞見許多淒慘之事，掃興而退，遂以是為畏途。嗟乎！安得黃金千百萬，盡超脫千百萬可憐之女子出火坑哉！」他還憤怒駁斥了毫無人性的鴇母領家。照她們的說法「我之妓女因我之金錢所購來者，我為資本家而彼為勞動者，是當服從命令與人交接勿厭，以飽我囊橐」。他指責「斯言也違背人道極矣！以美國解放黑奴之例言之，文明國之人尚不以異種人為奴，而自國之人乃反以同胞為販賣品，此應受死刑者也。若言資本家與勞動者之地位，則資本家應保護勞動者，工作尚有時間，應接豈無限制？似彼鴇所為慘無人理，固法律所不能許者也」。

一九二一年底，何海鳴痛下決心，從此獻身說部，鬻文為生。他將一篇倡門短篇小說〈老琴師〉寄給周瘦鵑，並附了一封信說：「我有一肚子的小說，想要做，叫世人知道我不是沒心胸的。」〈老琴師〉在《半月》雜誌刊出後，「頗得閱者讚許，即新文學家亦有讚可者。我遂決心為小說家矣！」

一九二二年八月，何海鳴參加了有包天笑、周瘦鵑、許廑父、嚴獨鶴、李涵秋等二十人組成的小說家社團「青社」。據「青社」發起人嚴芙孫後來記述，何氏此番至上海，耽擱了二十餘天，「與上海各位作家，歡然握手，大家都是一見如故。只是海鳴的外貌，非常瘦弱，分明是書生本色，哪裡瞧得出他在當年曾經揹著槍桿兒上過疆場咧。」

一九二六年何海鳴的〈老琴師〉、〈倡門之母〉、〈倡門之子〉、〈從良的教訓〉、〈溫文派的嫖客〉等五篇小說收入周瘦鵑編輯出版的《倡門小說集》，何海鳴被人稱為「倡門小說家」。論者指出，〈老琴師〉和〈溫文派的嫖客〉都是倡門小說的上乘之作。學者范伯群認為〈老琴師〉「是一篇描寫真善美被毀滅的哀歌，是一篇金錢肆意殘害藝術的血淚控訴，也是一曲老琴師用生命去抗爭那些蔑視人的尊嚴的惡勢力的頌歌。作者是用一種激越沉痛的聲音，用自己的愛憎去鐫刻的一篇力作。」〈溫文派的嫖客〉篇中文質彬彬的嫖客，不僅玩弄那妓女的肉體，還以玩弄妓女的真感情為快感，當她有了向上的心時卻無情地扼殺了她的希望。何海鳴指出，這些嫖客殘忍的程度較之流氓拆白黨尤甚，是最不人道的「心靈屠殺者」。《中國近現代通俗文學史》書中說，民國的倡門小說與清末的狹邪小說的不同就在於將歐風東漸中的人道主義精神融化到小說中去。她們不是什麼溢美或溢惡的對象，而是同情的對象。在何海鳴的倡門小說中，喊出了「妓女也是一個人」的呼聲，提出了「不能違犯人道，蔑視女子人格」，「還妓女以自由意志」的原則。

除短篇小說外，何海鳴還在《半月》雜誌連載他的長篇小說《十丈京塵》長達兩年之久。《十丈京塵》之後，又在一九二六年出版中篇小說《倡門紅淚》，由上海大東書局印行。

一九二七年春，孫傳芳以五省聯帥開府金陵，抗拒國民革命，聲言「討赤」，何海鳴受孫命，擔任宣傳事宜。之後，又投入張宗昌軍，自隳前途。一九二九年十月十五日出版的《上海畫報》有〈何海鳴潦倒瀋陽城〉的報導云：「求幸福齋主人何海鳴，固曾以文學鳴於時也，惜以潘馨航之介，而識張宗昌，而為宣傳部長……一朝墮落。宗昌失敗，何乃輾轉於青島、大連。馴至貲斧不給，袱被於遼寧日佔富士町五番地福興和木器鋪之小樓。自撰小啟，求鬻文字，其啟曰：『浮沉人海，年將四十，鬻字賣文，原我故業。況今天下承平，四民各安其生，不才既別無所能，亦惟有以鬻文字終老矣。』語意力求委婉，其遇彌可哀已。」

一九三二年，他雖還在天津的《天風報》連載他的小說《此中人》與《青黃時代》，但讀者反映不佳，甚至有致函報社要求「腰斬」的。小說創作的失敗，使他少了一條謀生之路，使得他不得不鬻字為生。一九三三年五月，他的朋友為他登出一則消息：「衡陽何海鳴先生，文名震南北，書法蒼勁古樸，似不食人間煙火，先生曩在南中，求書者踵接，雖有潤例，不過是限制也。近寓析津，知者多按舊例求書，右乃先生所寫《心經》立幅，係白宣畫朱絲欄寫《心經》全部，計二百六十字，並可題上款。有欲購求者，每紙十元（紙在內），如另書在泥金或紅色屏條，須加五元，又扇面寫此經，（金面不書）潤例六元，均五日取件。天津法租界三十一號路益安里十四號何寓。每日午後收件，先潤後書。」此時的何海鳴經濟上的拮据，可想而知了。

「九一八」事變時，中國民眾群情激憤，何海鳴在此後的一段時期，也曾連續發表了不少政論，反對日寇侵略，不料五年後，他竟出任天津《庸報》社論主筆兼文藝部長，成了附逆的文人。《庸報》原是董顯光和蔣光堂在一九二六年在天津創辦的報紙。該報很受知識份子的歡迎，在天津報界的地位僅次於《大公報》和《益世報》。日本侵略者為了達到製造反動輿論，破壞中國人民團結抗戰的目的，一九三五年由茂川特務機關指派臺灣籍特務李志堂出面，以五萬元祕密收買了《庸報》，李志堂任社長。從此《庸報》刊載的內容多為日本同盟社和日本報刊提供的稿件，其觀點完全站到了日本侵略者的立場上，《庸報》因此受到社會輿論的譴責。報社中原來留下的報人紛紛離去。此時賣文鬻字均告失敗，生活拮据又渴望過上「幸福」生活的何海鳴於是在李志堂的威脅利誘下，加入了這個漢奸報的班底。

倪斯霊的〈從辛亥功臣到附逆文人〉文中，說何海鳴「除與原《中美晚報》的岑某輪流撰寫每日社論外，還與其他漢奸文人組成隨軍記者團，配合日軍宣撫班下鄉進行宣傳，並參與組織了所謂『名流』赴日『觀光訪問』。在其一係列社論中，他不僅親筆寫文章，主張『大東亞共榮』、『中日親善』，而且還在一九三八年十月日寇侵佔漢口前，於報上懸賞徵求預測漢口陷落日期，藉以大肆宣染日軍的淫威。與此同時，作為文藝部長，他還將報紙副刊辦得像模像樣。在戰前以寫雜文、隨筆著稱的報人宮竹心，在天津淪陷後，困頓風塵，生活無著。何海鳴見狀遂連矇帶騙，邀其為報紙寫小說連載。宮為生存，只得應允。一九三八年初，宮竹心便將自題為《豹爪青鋒》的長篇武俠小說第一章送到報社。何海鳴閱後認為書名純文學味太濃，大筆一揮，遂按書中主人公的綽號，易名為《十二金錢鏢》。宮竹心見狀，心中雖怒，但未敢言，歸家後大罵其無知、庸俗，並對家人言：『我不能去姓宮的臉，寫《十二金錢鏢》的，姓白名羽，與我宮竹心無關。白羽就是一根輕輕的羽毛，隨風飄動。』這便是民國著名武俠小說家『白羽』之筆名及其成名作《十二金錢鏢》書名的來歷。此小說在何海鳴的策劃下，於一九三八年二月在《庸報》連載，旋即引起轟動。」

一九三八年，日寇為了加強對輿論的控制，在天津一面取消了《大公報》、《益世報》等半數以上報刊和所有私人通訊社，只保留《庸報》、《東亞晨報》、《新天津報》等幾家報刊；另一方面糾集剩餘各報負責人及編輯、記者，組織「天津新聞記者協會」，內定何海鳴為偽「記協」理事長。

何海鳴在一九四三年的《文友》第二期上發表〈文友的大地域性〉，為日本搖旗吶喊地說：「在今日，這種王道儒道，以及以文會友的地域性，是更需益加擴大了。……今《文友》問世，便恰好先在中國盡其這種使命，以文會友，先集結成中國同志，對復興中華保衛東亞視為一件事，同作文化上貢獻的努力。……共同弘揚王道儒道，相偕對大東亞大地域與世界全域以邁進，吸收更多大東亞與世界的文友與同志，以實踐大同的理想。」一九四四年的《文友》第二期上他還發表〈中日同盟論〉，積極鼓吹大東亞同盟的謬論，他說：「我東亞軸心諸國，如此中日的訂立同盟條約，以及推廣此盟式於泰國、滿州國、新近獨立的緬甸、菲律賓等，締成東亞大聯盟的廣泛局面，相盟約於各愛其國、各愛其鄰，共愛東亞，共討英美，以推行我東方的王道，建立大東亞共榮圈，展開明朗的新天地，進而有助於八紘一宇四海一家的世界大同，是這一種的盟會，完全以世界人類的正義是宗，東亞的道義是尚，開古來諸侯盟會中未有的先例，以天下為公，以道義主盟，給示與今世的霸道舊國際以一種教化與良模，那真是東方古王道破天荒的得以實現於世，允為古今唯一的幸運了！」。又說：「事變以來，一般抗戰者，輒欲以日方先撤兵為前提，茲盟邦簡單明瞭說在中國境內全可撤兵了，且不但撤去這次事變所派來的兵，甚至於根據庚子舊事的撤兵權，亦一概放棄，便連什麼華北特殊的惡性宣傳，也從此可一掃而空了。……大家須要另注意到反軸心英美方面，……處處要佔據什麼軍事根據地與空軍據點，自命為國際憲兵，……他們肯輕鬆說過半句不駐兵的話嗎？」。

一九四〇年日本在太平洋戰場上陷於不利地位，不得不壓縮後方的開支，集中力量支撐戰局。一九四四年採取了華北報紙統一管理的方案，在北京成立《華北新報》，其他城市成立分社。一九四四年四月《庸報》也被改名為《天津華北新報》。由於日方各派係之間的相互傾軋，何海鳴被日寇遺棄了。

不久，他遷居南京，深居簡出，閉門思過，在這一時期他寫了不少考據的長文，如〈猴兒年說猴〉、〈三六九說〉、〈神道之火與民生主義〉、〈中國鞠躬禮〉、〈中國的數字談〉等，他又恢復了賣文為生的生涯。他在一九四五年初，開始撰寫回憶錄《癸丑金陵戰事》，但未及完篇，於一九四五年三月八日在貧病交加中死去。他以辛亥革命的功臣，後來棄武從文，成為小說名家，但晚年卻投敵，成為附逆文人，旋又遭日寇遺棄，在抗戰勝利前他就貧病而死了。

二〇一七年八月

目次

孤軍

上

在一片莽原上塵土似砲煙一般那麼飛舞起來，漸漸由遠而近，可以聽出些得得的鐵蹄之聲。這聲音越來越響，便看見一隊騎兵，追風逐電似的自西徂東而去。

這是一個獨立騎兵營的急行軍，所經行的地方是黃河流域的中州腹境。但是這一營的騎兵卻並非中原子弟，乃是一隊朔方健兒。內蒙古燕山腳下，武列水旁邊，春秋時的山戎地，漢朝的匈奴古地，唐代的奚契丹，遼時的中京大定府，明朝的興州朵顏衛便是他們的家鄉。地方上出的是名馬，人民也自幼兒擅長騎術，編練起馬隊來，真個是人精馬壯，不愧為中國的模範騎兵。只因甲子年間，東北軍重行開回到他們那裡，有一個民團司令名叫蕭蘇坡的，在前兩年東北軍退出那地的時節，後隊人馬潰散了一些，做出些擾害地方的動作。這蕭蘇坡有捍衛鄉里之責，帶領部下民團曾與那般潰兵交過幾次仗，殺得那些人馬仰翻，奪過來許多軍裝器械，保住了本鄉本土地方上的安寧。不料這風聲一傳開出去，那一邊認為是奇恥巨辱，常存著報復的念頭。這一回趁著戰勝餘威，那一邊人馬果然開了回來，這蕭蘇坡料定必有來向他們尋仇的。自己勢單力薄，吃這場大禍不起；且更恐地方受害，便率領著本團鄉里弟兄們，退出本鄉本土，打算往別處駐足，避這一時之禍。或者他們走了，那一邊見已除去了眼中之釘，沒有由頭可以啟釁，地方上還可因而苟全。但是他們到什麼地方去好呢？又恰巧那時本地另有一枝官軍，因騰出防地要開往中州去，蕭蘇坡仗著平日是地方上有名紳士，與那位軍長有些交誼，便率眾到那位軍長的軍前投效，願意隨同著一塊兒去。那位軍長有志於中原，正想拓充點實力，見有這一支人馬，非常精幹，什麼馬匹器械服裝全是現成的，哪有不想貪這便宜的道理？當即慨然答應下來，將他們改編成一個獨立騎兵營，就委屈了這蕭蘇坡做一員營長。雖說蕭蘇坡平夙也很有身分，並不甘如此小就，無如此時有家難奔，有國難投，又捨不得解散和離開這一般四五年來苦心訓練成功共過患難的同袍兄弟；而這般弟兄人數又只夠一營的編制，便只索低首下心，寄人籬下。到差謝委，隨著大軍出發，與故園灑淚而別。

後來到了中州駐紮下來，他所隸的這一軍本來還是居於客軍的地位，而他這一營騎兵更是客軍中小小一部分的孤軍。許多同一旗號下的旅團營隊，全是幾十年來同一結合，有很長的歷史的。只有他這支孤軍是新近加人，都不承認他是嫡親系統。平日慣對於本地主軍，固然是主客界限很嚴，感情不甚融洽；就是對於本軍也是疏遠非凡，落落寡合。在他幹這營長，本已十分抱屈，很覺得無味。但同軍中一般同僚，還妒忌他升官忒易，官級忒高。常常對他說道：「我們在本軍中從行伍出身，混上三四十年，打了無數苦仗，好容易才盼到當一員營長或隊官；你一個讀書人，一下子就做到獨立營長的地位，這是本軍從來沒有的事。你還不感恩戴德，好好的往下幹嗎？」至於其他的背地裡的談論與侮蔑，和一般老資格軍官們的仇視與排擠，那是更不消說的。直逼的蕭蘇坡這一支人孤苦伶丁，無一天得安，無一天不氣惱。這次奉了軍長命令，全營往石屏寨勦匪，名義上雖受本軍第四團團長的節制，隨同進攻；實際上卻擔負著前方左側襲擊的任務，似先鋒隊一般離開本隊甚遠，仍只是獨當一面，踽踽孤行，和他們平日自己操演、野外行軍與練習長途騎術一樣。

幸喜這條路上，大道還算平坦。這些精壯高大的蒙古馬，鐵蹄踏到那溫軟的泥土中，非常得勢。一匹匹昂頭飛躍，一迭迭發聲長嘶。那蕭蘇坡與部下一般馬上健兒，本有好些日子沒曾出過仗了，正恐怕髀肉復生，辜負了這些神駿。此刻見馬兒跑得高興，也不由胸襟舒敞，精神大振。把近月來所積下的一股抑鬱之氣，隨著天空中清朗的空氣一吐而盡，便施展出各個的好身手，一控一勒向前方飛也似的跑去。耳邊廂只聽得風聲呼呼，好似鐵蹄兒並不曾踐地一般，有不可描摹的神速。走了一程，在馬上已約莫看見前面發現了一帶遠山，似漸漸已由平原而達到山巒起伏之所。猛的一名前哨騎卒從前方退了回來，報告道：「向道旁百姓探聽，石屏寨距離這裡不過十五里路程了。」蕭營長聽了這消息，勒馬朝前一望，又掏出千里鏡和軍用地圖，一一視察了一番。才揚鞭一指，發下號令道：「敵人就在前面十五里的地方。我軍攻擊此敵，應向敵左方側猛烈襲擊！」隨又作平常的談話道：「本來我們應等候後面而本隊到來，同時進攻的，只因我們的馬走得很快，本隊掉落在後面不知已有多少遠了，多久沒打仗，誰都悶得慌。眼面前就有仗打，我們一個個眼睛都發紅了，誰還耐煩等他們。索性我們單獨包打這個烏寨吧！打了下來也好教後面那些人知道我們的能耐，看他們以後還瞧得起我們不。」說罷眾兵士全都告起奮勇來道：「要打就快打，我們是什麼都不怕的。只請營長快發口令！」蕭蘇坡十分得意，便拔出指揮刀振臂一呼道：「散開！」登時這一營人馬由縱隊變成了橫隊，似一排潮水似的向石屏寨左方撲去。

一霎時，石屏寨的城堡，迎近到馬頭邊來。寨外的形勢，看得見很明瞭了。蕭蘇坡重下一命，開始射擊。眾兵士全在馬上掏出一支盒子槍來，連木托兒都不用裝，只要提著槍機的那隻手，隨便那麼一灑就灑出一顆顆的子彈，打進石屏寨裡。那胯下的坐騎卻仍是射箭一般的向前馳去，驚動了寨中的土匪，也一齊攀伏到城垣邊來防禦。一枝枝的盒子槍和步槍，對外也放了無數的子彈。這邊營中有一個弟兄冷不防中了一彈，從馬上一觔斗跌了下來。蕭蘇坡一眼看見，十分惱怒，索性叫號兵吹起衝鋒的號聲，吶喊著衝鋒而進。本來這裡離寨已不過四五里地了，眾弟兄和坐騎發狂似的只知加鞭疾走，一切生死問題全然置諸度外，自然越走越近；再加之這都是些能征慣戰的兵士們，一面雖大膽奮勇向前，一面仍細心的在馬上放槍。每一槍彈全覷定那賽上城頭的槍眼中射去。土匪那邊措手不及，蕭蘇坡的人馬便如狂風驟雨似的已湧到寨門邊了。

那些土匪見蕭營中來勢凶猛，越是逼近前來，越使防禦上的射擊力不能生效。慌亂了一陣，便舉起一面白旗，表示投降。蕭蘇坡見著自是喜歡。一面叫自己隊伍仍是小心著嚴陣以待，一面派兩名精幹的馬弁再跑近一些，高聲向城上發話道：「你們聽著，若是誠心投降的，快叫你們的頭腦出來幾個和我們協商投降的條件。」一聲未了，城上果然湧現出一個穿便衣的短襟窄袖的匪首，高聲答話道：「請等一會，我等即下來歡迎。我們是同鄉人呢。」蕭蘇坡一聽那口音，果是本土鄉音，不由好生奇怪。怎麼口外的人還有到中原地方來做匪的呢？便差一名馬弁在寨外高聲答話道：「既肯歸降，使當即速開了寨門，推出一名首領前來接洽。」旋又傳令所有營兵，暫停攻擊，從嚴戒備。

不一會，寨門果然打開了半扇，走出一名高大漢子，短衣單褲，綁腿赤足，上身卻罩了一件花緞馬褂，一見而知是個匪頭。身後隨著四名小匪徒，直奔到蕭蘇坡馬前點頭為禮道：「我是王榮彪，承德府的人，敢問貴司令高名上姓。」蕭蘇坡馬上答禮道：「好，我叫蕭蘇坡，我們原來是同鄉呢。你和你一夥弟兄怎麼會在此地拉竿，還另有為首之人麼？」王榮彪答道：「說來話長，我們這一夥三百多弟兄，都是同鄉人。為首的也就是我。只因上年景將軍到了我們那邊，添招了一營衛隊。咱弟兄們通同應募，小弟那時只當一員連長。後來到了中州，因人地不熟，屢受本軍旁人的欺負，又常常幾月不發餉。弟兄們受窮受氣受得好不耐煩，便私自約定全營譁變，去當土匪。小弟不才，便被大家推為竿首。前幾天打破這石屏寨，綁了一大夥肉票，占據在此，那是實在的。今早接著探子報告，說有大軍來攻打我們。我想中州那些步兵慢騰騰地一天走不了多遠，打算收拾收拾在今天午後竄到別地去。不想你們騎著快馬卻趕早來了，我那時好生奇怪。在中州幾個月，從來沒見過這樣的馬隊呀？等到一經開火，又見您部下槍法精良，越發覺著不妙。那知道卻是同鄉來了呢，真了不得！不是我們同鄉，哪有這般好本領。我們措手不及，子彈也快打盡了。大家一商議，既然是同鄉人來到，好貨賣與識主，我們投降了罷。本來跑到異鄉異土幹這個買賣，不是長久之局，也不是我們本心所願。如今馬前歸順，總得請您看念同鄉情分，收留下我們，給我們一條生路。大恩大德，我弟兄們是永世不會忘記的。」說著，抱著拳連連打躬。

蕭蘇坡想了想道：「聽你的話，你們是不得已，我是能原諒你們的。不瞞你說，人在異鄉異土，誰都不受用。我自然要看在同鄉情分，收留你們就是。但我是有職務的人，上頭也還有上司，公事要照公事辦。你們既然投降，第一要拿出真心，第二手續要辦得清楚。你手下有多少人，槍枝有多少，應該趕快造一個花名冊子來，由我會同點收；此外還聽說你們綁了好些票在寨裡，既往雖不咎，改編了後卻得一一將肉票交出，由我放他們回去，不准再勒索人家半文錢。至於你們的人，我自然稟明上司，全編在我營裡。就是你，我也得酌量位置，仍讓你帶著這些弟兄，將來有苦同吃，有福同享。我姓蕭的從來不虧待人，你在家鄉中量必也有些曉得。」

王榮彪很歡喜的答道：「這就好了，你老人家救了我弟兄們的性命，我們知恩報德，敢發個誓永遠在你老人家馬前馬後出力報效。如有異心，天誅地滅。下餘的話，我也不必多講，一服從你老人家的命令。怎麼好怎麼辦就是。」蕭蘇坡也覺高興道：「既然這樣，我立刻傳令叫我的部下一個個下馬在寨外休息，不許胡亂闖入寨中。然後另派兩個副官十名兵卒隨你們進寨點驗肉票，並替我安慰眾同鄉弟兄們。等肉票交齊，花名冊子點好後，我再進去不遲。辦得快，明天我們就好一齊走了。」說罷，果即把人派齊，叫王榮彪領著進去。王榮彪答應了幾聲是，卻只叫貼身一個頭目做這些人的引導，自己仍然留在寨外，同明蕭營長道：「那些小事叫我一個頭目去辦就行了，並還囑咐他們速即辦些茶水出來，給眾位同鄉解渴。至於我這個人，還是留在這裡伺候你老人家，才表現我是一片誠心。」

蕭蘇坡笑道：「如此你未免倒多心了，然而也好，我們大家多談一回。裡面的事，大概也都容易辦清的。」說罷，果然寨裡面另跑出好些個人來，帶來許多茶壺茶碗和紙煙之類，去分給眾兵士。王榮彪又特為叫人再搬出幾張破桌椅，請蕭蘇坡和幾名官弁在樹陰裡坐下，自己也打橫坐在下首，親手斟上一碗茶，遞上一枝煙，敬與蕭蘇坡。隨即彼此開誠相與的談了些閒話，又互問了些家鄉情狀。末後，王榮彪還說了幾句很誠實的話道：「我們三百多弟兄加人到貴營中，是絕不會使你老人家多煩心的。就是上頭不給餉，我們在這幾個月內已很積著了一筆銀錢，大可以再過幾個月。只是子彈不足，須得另外設法，或者當了官兵買起來也便當。我們好好聚集一個勢力，敢保你老人家不久就打出一個督軍來。我們弟兄也多少撈點前程，體面體面。」蕭蘇坡微笑道：「但願大家好好爭一口氣，誰都能望好呢！」

閒談了一陣，太陽已漸漸西斜，派往寨裡的人重複出來了一員連副，上前稟告道：「寨中肉票都已點齊，共三十六名。二十九名男丁，五名婦女，兩個小孩子，都一一問好了姓名住處，落在日記本上。裡面的弟兄們也有現成的名冊，並大約點驗過，有槍的約二百幾十人，徒手的也有幾十。槍枝樣式很複雜，馬也有多匹，請營長就此進去點名改編罷。」蕭蘇坡立起來道：「只要救出了肉票，我就好銷差了。進去罷，不要多少人，只隨身帶十來個護兵就可以了。」王榮彪也道：「營長進寨，我們應當迎接。請少候一會，我再傳一令，派二百枝槍站隊，其餘的各在原處站班聽點。」正說著，忽然西方塵頭起處，遠遠聽見軍號之聲，隨即馳來了一個騎兵，急忙報告道：「第四團雷團長到了。」蕭蘇坡冷笑道：「他居然也來得很快呢，不費事的走了來，倒也不難為他。這邊事情雖已辦妥，但我和他受的是同一任務，他官階比我大一點，這次差事還歸他節制，倒不可不候他一下，說給他聽個清白。」

因此進寨點收的事，停頓了半晌。雷團長的步兵團也就趕到了。那雷團長是安徽人，生成一副肥胖的身體，脂肪質太多，腦筋也非常單簡。一眼見了蕭蘇坡就忙嚷道：「你怎麼不候我的命令就到了這地來！」蕭蘇坡聽這口氣好像怪他擅專的樣子，登時心裡也甚不痛快，只冷冷地答道：「我部下馬走得快，既與他們碰著了，在大勢上是不能不開火的。」雷團長道：「如此說來你們是打過仗了，怎麼我沒聽見有槍聲？」語中的意思是懷疑並未正式打仗便私自講和了。蕭蘇坡是最最聰明不過的人，哪有聽不出這語氣的道理，便仍是冷笑道：「實告訴你，這石屏寨是我攻克的。打仗的時候，你隔得還遠，自然一些也聽不見。如今寨中的人已歸順我們，正在這裡改編了。」

雷團長聽說改編，越發有些懊惱和妒忌起來。懊惱的是功勞未曾攤著，妒忌的是蕭營中平白又添了許多兵力。就更不耐煩道：「什麼，改編嗎?我是支隊長，沒有我的命令，你就能改編了麼?」蕭蘇坡忍著氣一想，這話卻也不錯。按公事說，雷團長總是支隊司令，是應該先求他許可的。便和緩了些神氣說道：「那麼你看怎麼辦呢，橫豎已由我攻打下，並允許他們投了誠。」雷團長大聲道：「既來問我，那就好辦了。叫他們寨裡的人立刻站隊繳械，每四支槍捆做一紮，每四個人用一根大麻繩拴著，押解到省裡去，聽候上司發落，便沒有你我的事了。」

蕭蘇坡對於這種鹵莽滅裂的辦法哪裡肯依，便忙忙搖手道：「這話不是這樣說的，打下這寨的是我，允許他們投誠的也是我。起先的話原只是答應改編他們，並不是繳械，我不能失信於人。」隨又安慰王榮彪道：「你只管放心，這不過是雷團長一點誤會，我總可解釋明白，包你們沒有別的岔子的。」雷團長哼了一哼道：「什麼誤會，我不懂。上頭叫我們來打匪，並沒有說可以叫我們自由收編。你一個營長就擔得起這大干係嗎？」蕭蘇坡不由也怒道：「不錯，我只是一個營長，也知道你是團長，但我是獨立營，你管不著我。辦錯了什麼，自有上司在，你也問不著。我今天是這樣辦定了，有什麼大干係，請你由我去自作自受好了。」雷團長逼得無話可說，兩張臉也氣得緋紅，便大動其肝火來道：「聽你這樣說，敢是瞧我不起，眼中沒有我這個人嗎？來來來！我和你來講蠻的。」說著拔出隨身的手槍來，其勢洶洶的要與蕭蘇坡尋釁。蕭蘇坡雖退後了兩步，還是強帶笑容說道：「誰同你這蠻人一般見識。」但蕭營中的兵士卻一個個怒目相視，各摸著各人槍上的機子想要發作了。

不想那王榮彪此時倒挺身出來作和事佬，先勸住雷團長道：「別要為我們的事傷了你二位和氣。我遵命叫他們繳械就是了。既然戰敗投降，是應該聽命令的。」隨又安慰著蕭蘇坡道：「你老人家關顧同鄉的心我們是感激的，但事已至此，我們只得聽天由命了。你暫且不管這閒事罷。」蕭蘇坡覺有蹊蹺，正要上前分辯，更不料王榮彪對身邊幾個頭目使了個眼色，一同向後躍了幾步，飛也似的退入寨中，拍的一聲重把寨門關閉。把雷團長、蕭營長和官軍這邊所有的人，全行關在外面。

雷團長見事不妙，拔腳便走回他隊伍邊去。蕭蘇坡正在猶豫。忽見王榮彪已高高立在敵樓上向他拱拱手道：「蕭大人，我們後會有期了。雷團長要我們的命，我們不得不自尋一條生路去。大人這一面，我們總是要對得住的。再會，再會！」語聲未完，寨中三百多人一聲鼓譟，便有一排槍彈專向雷團那邊打來。雷團長面無人色，跑到蕭營這邊來嚷道：「不好了，賊人想衝出來跑了。我們應當快快圍住攻打，不要放走一人。」蕭蘇坡心中有了計較，便毅然答道：「那麼仍是照著原來計畫；左翼歸我負責，你仍去堵住右方。賊人從哪方竄出，便由哪方擔當。」說罷不等雷團長答話，即行傳知本營騎兵，上馬應戰。高高扯起本營營旗，專散開在寨外左翼。雷團長也只好退回右翼本隊，專防備著賊人的右側方。那知王榮彪看明這個陣勢，專門要向雷團為難，率領了一班敢死隊，開了右角門，逕向雷團陣線撲來。雷團雖勉強迎敵，怎奈王榮彪那一般人奮勇爭先，槍無虛發，戰不上一刻鐘，雷團戰死了十餘人，傷了四五十，其餘紛紛潰退。便被王榮彪殺開了一條血路，向東北方退卻而去。蕭蘇坡在左方見正中寨門忽地又復打開，明知王榮彪送人情與他，便率著部下乘虛而入，先占領了石屏寨。

移時雷團長督住了潰退的隊伍，也帶了幾名護兵，走進寨來。見大功仍是被人奪去，自已反折了不少兵士，不由老羞成怒道：「蕭營長，一定是你得了賊人運動費，放走了他們了。」蕭蘇坡也盛氣答道：「原先說好的，你我各打一面，我打進此寨，你卻讓賊人從你那方逃走。怎麼還說是我賣放，我不怕你。石屏寨原已歸我占有，肉票等也已由我救下，不曾少卻一人。我自會叫這些被難的肉票，一一具結與我證明，是我將他們救出，然後據實呈報上峯。你冤誣得著我嗎？」雷團長一聽，果然蕭蘇坡振振有詞，辯駁他不過，便氣忿忿地退出道：「你不要嘴強，我終歸要控訴你一狀。」

後來那雷團長果然打了個密電給軍長，說蕭蘇坡受賄放走了匪徒；怎奈蕭蘇坡也有正式公文送到軍司令部和旅部，說明攻克石屏寨救出肉票，土匪實由雷團防線方面突出等情。軍長和旅長到底不能聽信雷團一面之詞，錯怪與他，然到底也又為了雷團長有言中傷，終有點疑惑蕭蘇坡顧念同鄉私情，與土匪不無默契。便對於蕭營有功不賞，對於雷團也有過不罰，只批以「各毋庸議」四字了事。另調蕭營與雷團脫離，改駐滎澤縣城。蕭蘇坡在石屏寨將肉票放回各手續一一辦完，收拾了一些戰利品，如土匪所遺的糧食車馬等類，只索帶領著本營部下，怏怏著開往滎澤縣中另圖駐紮。一路之上暗暗嘆道：「怪不得王榮彪等會被逼做匪，就是我也是很難受這鳥氣。將來說不定也會逼得和王榮彪同走一條道路呢！」

中

話說蕭蘇坡奉令將部下一營騎兵調到滎澤縣駐紮，雖說鞍馬勞頓，藉此可以休養些時，但回想石屏寨的事；雷團長忌功嫉能，硬向上峯告密，誣說本人通匪放賊，縱是上峯明察，未曾降罪，卻也並不賞功。明明是這支孤軍，不是本軍嫡派，不特諸同寅大家歧視，就是上峯也終究有些見外。長此寄人籬下，屈在下僚，永無揚眉吐氣飛黃騰達的機會，還須臨淵履冰，日夕防諸同寅的傾軋，稍有不慎，後患必將不堪設想。即使一個人榮枯禍福，不足介懷，任憑天命；這一般部下，都是里黨中人，隨著自己飄流異地，備受艱辛。將來萬一遭人暗算，無處逃生，同歸於盡，豈不是反而因著自己而坑害了許多家鄉子弟？因此終日唉聲嘆氣，悶悶不樂，再也不願與他人多說閒話，多管閒事。只求收斂著鋒芒，隱晦著形迹，以圖暫時的苟全，避意外的禍事。誰知你越是十分謹慎，恐懼流言，那流言偏越發加多，吹到耳邊來的竟有許多尷尬不受聽的話。有的說王榮彪臨逃之時，曾私下送給他好幾萬雪白洋錢和幾十箱煙土，故而他將賊賣放，還暗地幫著賊攻打雷團，才使那股賊得以平安竄走；又有的說石屏寨許多肉票，雖經他截住釋放，但實際上仍是勒贖了一筆大錢，與王榮彪留下來的代表攤分了，所以他這一次裡裡外外實是很發了一些財。似這樣紛紛傳說著，越傳越廣，儼同真有其事一般。任憑蕭蘇坡怎樣問心無愧，怎樣明知道是雷團長有意陷害特為放的謠風，無奈眾口鑠金，滔滔皆是。這真是非究有什麼地方可以剖白，又剖白起來究有何人可以主持公道，弄得不好反而會更生枝節，更起波瀾。倒不如忍氣吞聲，任這些謠言自生自滅，或者還終有雲破月來之一日。然而身處其間的蕭蘇坡，也就深不自安，岌岌可危，有些個不可一日居之勢了。

約莫悶守了半個月光景。有一天，營部的衛兵忽地走到蕭蘇坡書案前來報告道：「營門外來了一個穿便衣的漢子，說是王榮彪叫他帶來了一封書信，要當面遞與營長。」蕭蘇坡好生詫異，只索把那來使傳進營來，看明了那封書信，再作計較。移時，那來使進來了，見了蕭蘇坡竟還認得，趕快行了個軍禮，便從貼身衣袋內掏出一封信遞過來道：「我們王大哥叫我來替營長請安，還請營長看完了信後，始終成全我們弟兄的性命。」蕭蘇坡聽這人的口音，的確是本鄉本土的土話，就一些沒有疑惑，欣然接過信來拆開一看。

那信上大略說道：「前次在石屏寨有緣遇見老鄉臺，本就想率領著全部弟兄馬前歸順，永永跟隨鞭蹬，做一番大事業的。怎奈那時有一個蠻不講理的雷團長插在當中，要和我們弟兄下不去。我們弟兄為著保全性命和一些實力，不能甘受他人的宰割，只好現點本事出來，與那個蠻不講理的見個高下。卒之我們終得託你老鄉臺的鴻福，得以安全退去。但老鄉臺前番對我們一番厚意，我們是非常感激非常紀念的了！隔別以來，我們還是想將來有個好機會，再遇得見你老鄉臺，達到我們前日投誠報效的心願。這幾日聽見人說，老鄉臺已改紮在榮澤縣地方，與我們作對的雷某人卻不在那裡。我們弟兄都歡喜得了不得，恨不能立刻就到老鄉臺的麾下來，哪怕只當了一名小兵，都是很願意的。因此我們就漸漸向京漢鐵路邊開拔，特來尋訪貴營。但這條路上官兵很多，不容易讓我們通過。我們的子彈缺乏，老鄉臺是知道的，卻是也不見得就怎樣怕懼他們。不過我們異鄉人誰願在這個生疏地方，常常東竄西跑的作匪；再加之作匪也不是常久的事，不如歸順老鄉臺，正大名分，掙個把前程的好。所以我們便寧肯冒著危險，非來找老鄉臺不可了。一路之上很與官兵打了兩仗。雖說沒有多大損傷，可是子彈越發不夠了。現在我們處於很危難的地位，除了老鄉臺高擡貴手，誰也救不了我們。我想老鄉臺義俠仁慈，終不忍使我們弟兄通同趕上死路的。所以才派出一名親信弟兄叫李魁的，送一封信來稟告老鄉臺，請老鄉臺閱看之後，趕快設法救援我們。派人將我們接到貴營來，仍然收編成老鄉臺的隊伍。我們願效犬馬之勞，至死不變，並感老鄉臺救命之恩，將來定當粉身碎骨以圖報答。如蒙老鄉臺恩允，我們現已到了離榮澤城三十里外一個村莊裡，靜候老鄉臺速速派人前來接應。」

蕭蘇坡看完這信自不免有些躊躇，暗想為了石屏寨那一點小事，尚且鬧得謠言滿地，連上官都有些疑惑。我如此時再私自收下這般亡命的股匪，豈不更要招上許多不是，連累到了自己。為今之計惟有先請示上峯，問明可否准其收編這一股子人。如其准收，自然收編起來沒有差錯；但上峯設或不准呢，或者還等不及請示，別支官軍先發現了這股人逕自勦滅了他們呢？這股人可就萬分危險了麼。本來上峯允許收編，是絕不會有的事。京漢鐵路線上官軍不少，他們也很難藏躲，一有不測怎生對得他們起。不是我在這裡，他們是不會來自投死路的呀！到那時我豈不做了無義之人，永遠要為同鄉中人所唾罵嗎？也罷，這個鳥官可做可不做，人生禍福也是天命所前定，惟有那個「義」字是萬萬不可不講。今日在情理上，這三百多同鄉中人身臨絕地，非我不能救到生路上去，我絕不能見死不救。只怕自己一個人的禍事，拚了一切不顧，與他們一同聽命於天，是決計要設法救應他們的了。當下便好言安慰李魁道：「這信我已看明白了，一定想法援應你們就是。你暫且到後面去用些酒飯，候我想好了妥當法子，再煩你回去通知大家，好一齊再隱瞞著到我們營裡來。」李魁唯唯稱是，自有護兵們領了下去款待。這裡蕭蘇坡邀齊了幾位親信朋友和部下官長，仔細商量辦法。好在大家都是為的同鄉，全都非常贊成。便議定了一個方法，先叫李魁回去說明這邊歡迎他們，叫他們明早黎明時候就往榮澤縣東門開進。這邊也於那時候派兩連兵士，牽著馬假說到東城外溜馬。在十里亭那地方迎接著他們，然後使他們三五成群插在這邊大隊裡，一同混進城來，遮隱旁人耳目。到了本營後，再替他們換上軍裝，便可無事了。

第二日，照著這法子行事，果然很巧妙很安穩的，把那王榮彪一股人全行接進營中。王榮彪感念蕭蘇坡成全之恩，猶同重生父母一樣，見了面納頭便拜，口稱恩主。蕭蘇坡忙伸手挽起，連說不要多禮，都是自家人，是應該彼此危難相扶助的。暫請你弟兄們在我營裡小住些時候，著有機會再慢慢設法向上峯疏通，正式收編。將來大家在一塊兒做事的日子正長著呢！王榮彪重複謝過，又把幾個重要頭目一一介紹晉見。全都說願誓死相從。蕭蘇坡又一一溫諭了一番，才命護兵替新來這般人分別打掃屋宇，攙雜在各連排棚中住宿。王榮彪和幾個頭目，留在營本部副官處好生款待。

這一來，這一營人就非常鬧熱了呢。各連排棚中舊有的兵士極熱誠的歡迎新來的朋友，大家一細談全是同鄉，問訊之下彼此都很知道，便覺非常契合。主人方面紛紛湊分子買了些酒菜魚肉請新來客人痛飲幾盃，飽餐一頓；新來的客人方面，各人打家劫舍了許久，腰邊都剩著些銀錢；也很慷慨的拿出來與大家分用，與大家同樂，全不分些彼此。蕭蘇坡也常常在辦公室款宴王榮彪幾個頭目暢談一切。

但風聲卻漸漸傳開去呢，本來蕭營中只有一營人，任憑怎樣溢額，至多也絕不能超過五百人。如今新來了三百多土匪，便現得分外人多，絕不像只有一營的人馬了。再加之這般土匪是向來自由閒散慣的，蕭蘇坡顧情面，又不便過於拘束他們。一旦他們住到城市中軍營裡來，又遇見了一大夥同鄉朋友，自然高興非凡，絕不肯常在營中藏頭縮尾的躲著。每每三個一幫，五人一隊，攜手出營來到街市上玩耍。仗著銀錢鬆動，什麼酒樓、茶館、妓館、戲園裡，滿都很豪爽很揮霍地踱了進去。幾杯酒一喝，幾句閒話一說，還須野性發作，鬧一點小脾氣，吵得市井不安。在旁邊的人看來，有些固認得是蕭營中的口外騎兵，卻另有幾個的的確確是剛做了土匪出來，還沒有很齊聲的軍服上身。說話時又絲毫不加審重，每每顯出些土匪原形來，使人一望而知，便不由不互相駭怪著談論著，說是蕭營中近來形迹可疑，似已窩藏著匪類了。

這風聲越傳越廣，形迹也越現越顯，被中州省城暗探聞知，火速飛報督署，便派了一員副官帶了一角文書到榮澤縣第一旅司令部來查辦此案。這旅長姓劉名逵全，也是與蕭蘇坡同隸於一軍之下，自從調到榮澤，便又歸劉旅節制。省城督署裡究因他們都是客軍，未便直接來查辦蕭蘇坡，故而找尋蕭蘇坡的駐地上司說話。那劉旅長的為人雖也是行伍出身，有些粗魯，幸而尚知大體，認為既是本軍之事應該暗中顧全些，以保本軍體面。當即面告那副官道：「公文裡說蕭營有窩匪情事，但本旅與他們向駐一城，又有節制他們之權，平日是很注意他們的舉動的。卻從未聽見有這種風聲，或係遠道誤傳，亦未可知。我答應把這封公事轉於蕭營長，叫他查明具復便了。」那副官也因為顧全主客軍的交誼，只好唯唯稱是，退到一間客棧裡去候信。但一面仍然電告省城督署，報告交涉的經過。

不一天，督署回電到來，竟訓令該副官二次與劉旅長切實交涉，要求允許該副官隨同劉旅派員至蕭營中會查。那副官便又來到旅司令部與劉旅長談及此事。那時劉旅長一面固已行文至蕭營裡，將省城督署公文轉了過去；一面還又曾把蕭蘇坡請到旅司令部來過，當面問一問內中的實情。蕭蘇坡見已出了岔子，誠恐照實說了出來，必於王榮彪等不利。便一口咬定說絕無此事。劉旅長事前本也有所聞知，此刻也知道蕭蘇坡所說不實；但一念到本軍公共的關係，也就裝癡裝聾，承認蕭蘇坡的話，並答應照此回復省城來使，免生枝節。所以第二次那副官來見，劉旅長先就回絕了一個乾淨；及等那副官說明會查的要求時，劉旅長竟滿口拒絕，說本軍部下沒有做錯什麼大事，一切我也可負責，斷難容許他人插身其間來查辦。如果你們仍不放心，請你貴上司照會我們軍長，由軍長派員下來，連我都一起查辦罷。

那副官爭持不過，仍只好怏悵退出，另電回報省城督署。誰知督署竟也特別認真，立刻調了一團步兵，開往滎澤，並命令帶兵官抄進蕭營，實行搜捕匪黨，勿得瞻徇；就是與友軍失了情感，也在所不惜。似這樣小題大做，卻為了何事呢？原來王榮彪這一股人，先是督署衛隊，槍馬都非常整齊充足。他們譁變時曾將全副武裝拐走，早就在認真搜捕，要收回那批已損失的精良器械。如今聽說連人帶武器都被友軍得了現成的去，徒然便宜了他人，自己哪裡甘心，所以氣忿不過，定須查辦一個澈底。就是罪人可以不辦，那些軍裝卻定須收回。這也是一種主客間的成見，亙乎其中，才一發而不可收拾咧。

這一團步兵臨行之時，督署又加派了一員副官十名衛隊隨行，檢出從前王榮彪那一營逃兵的花名冊子，交給與那副官，作為參考之用；並又授了一些很嚴重的方略。那十名衛隊，只因從前與王榮彪等同過事，認識這一股子人，特派去作為指證。於是這一團兵便浩浩蕩蕩殺到滎澤來了。剛下了火車，打好了帳篷，那副官便尋著了從前派來的舊副官，一同又來到劉旅司令部。說是奉了督署命令，定要搜捕逃匪，如貴軍再不叫蕭營好好將人交出，我等立刻就要動手兜拿。不過先禮後兵，特來通知一聲。這種說話當然是很有些不遜呢！劉旅長一聽，不由有些發惱，便也挺撞起來道：「我說蕭營沒有這事，你們偏不肯信，我有什麼法子？那麼你們愛怎麼辦就怎麼辦罷！不過我也有一句話要預先聲明，你們如此興師動眾，不顧交情，只是聽著些謠言，毫沒有一點切實證據，一旦衝突起來，我們這邊可不負責的啊。」那副官也憤憤然道：「好，你要證據，我遲早總有證據給公眾看的。憑著我們的力量，自會搜出些證據來。到那時候就知道誰對誰不對了。」說罷匆匆走出，自去布置他們的手續。

劉旅長見事情必會鬧得很大，便趕忙派人去通知蕭蘇坡道：「省裡已派了一團兵來搜你們的營盤了，你們無論有這事與沒這事都得仔細些。我旅部裡只有兩連衛隊在滎澤，其餘都散駐在他處，幫不了你們的忙，你們應得早早準備才好。」蕭蘇坡這才知此禍不小，便也將王榮彪和自己幾個親信叫了來商議應付的方法。王榮彪很慚愧的答道：「為了我們的事，拖累了營長，我是過意不去的。不如請營長就將我們交出，任憑他們或殺或剮，都是我們命該如此。免得使營長為難，也免得同鄉諸位為我們受禍。本來我們承營長大恩收留，已經恩無可報，若再使營長和同鄉諸位受了連累，我們居心何忍呢？」蕭蘇坡忙搖手道：「不行，不行！我早已說明過的，有福同享，有禍同當。如今小有波折，便交出你們豈不是賣友求榮的行徑，非大丈夫所當為。況且我屢次對外不曾承認有收留你們的事，若是被他們一逼迫便改口承認，我始終還是脫不了關係的。又何苦要做這小人呢？你們請放寬心，我蕭某一定維持你們到底。現在所商量的是我們公共的生死存亡問題，應如何大眾一心，想個好法子來對付外來的禍事啊！」

說猶未了，營門外一陣喧嘩，早有一個衛兵進來報告道：「大街之上不知從哪裡開來了一千多本地兵，將我們營盤包圍住了。……」原來省中派來的那一團步兵已決定採積極行動，並不理會那劉旅長。遻行開撥出兩營以上的兵力，武裝實彈，殺氣騰騰的衝進滎澤縣城中，將蕭營所駐地點包圍住。據那團長意思，立刻就要下令攻擊。幸有新來的那副官還是主張慎重，說道：「他們雖只一營人，卻歷來能征慣戰，很有點名氣。若再參加上那般亡命之徒；困獸猶鬥，倒也不能輕敵，況且我們還沒拿住他的真贓實據，萬一消息不確，或是他們早已設法將土匪們移走了，我們撲一個空，還得惹起未來的交涉，說我們欺壓客軍。不如一面在此陳兵示威，一面命我所帶來的十名衛隊埋伏在幾處要道口上偵伺著，只要裡面走出一兩個土匪來，被衛兵識破抓獲，我們也就理直氣壯可以下手了。」

蕭蘇坡聽了這個警信，登時只氣得跳起來叫道：「既然他們要我們全部人的性命，派兵來攻打我們，也只好和他周旋一回了。」王榮彪還待勸阻，那幾員連排長卻早已贊成營長的辦法，全都立起來說道：「我們都是自家人，絕對不能受旁人欺負的。我們要生須生在一塊，要死也須死在一起。服從營長的命令，叫弟兄們趕快備戰，打他們這般混賬東西。」王榮彪見眾志成城，軍心甚是堅定，便也改口說道：「這場禍事本為我們弟兄而起，如今承大家仗義，一致抵抗外侮，我們情願身當前線，先儘我們的人死，然後才敢勞動眾位。營長，請就是這樣下令罷！我敢說憑著我們大家齊心齊力，是一定打得退他們的。」蕭蘇坡道：「這話很對，憑著我們許多人，還怕什麼？王大哥，你也不要客氣，如今已是全體的事了。大家都得平均出力，不能說盡要偏勞你們。不過外面情形怎樣，我們且到營門外看看陣勢再說。」

且說蕭營所駐的地點，原係榮澤縣城中一間歇業多年地基很大的老當店。全營人馬滿駐在這當店裡頭。營門外迎面便是一條狹小的甬道，直通到大街上約莫一百多步光景。蕭蘇坡偕同王榮彪及一般親信走到營門口一間眺樓上往外察看，只見省城那些步兵站著很密的橫隊，把守在大街的左右兩方。那甬道口上架了四架機關槍，一尊砲。分明是敵視本營這邊，但卻也不過是虛張聲勢，並未曾實施攻擊。蕭蘇坡看清楚後，當即立傳一令，命本營的人只准在屋內武裝防守，不准擅出一人到大街上去。營門口守衛的也全撤到大門裡面，不許與對方接近。對方若不先開槍，我們切不可先自啓釁。玉榮彪幾次請求派他們弟兄擔當門口防務，蕭蘇坡仍是禁阻，務使他們不與對方見面，留作主力軍應用。便即退回辦公室，商議一切戰守的計畫。

那旅司令部中的劉旅長，聽說省軍已圍住了蕭營，也曾馳馬親到省中那副官地方質問他是何用意。那副官便提出最後的要求道：「若要免傷和氣，就得請你派一些人隨同我們大軍到蕭營中查看。我這裡有逃匪的名冊和眼線，除了匪徒外絕不亂捕人。總得蕭營容納這條件，允許我們進去才好。」劉旅長卻還是不依道：「蕭營中沒有容留匪徒，我已經查過了，又何必多此一舉！你要查，你們單獨去查就是，鬧出岔子來與我軍毫無干的。」說罷，氣沖沖的仍是走了。那副官猶豫不決，也終於未敢冒昧進攻，只是那麼層層圍住，從早晨圍到晌午時分，還沒有解決的方法。

蕭蘇坡被困在裡面，暗想對方尚未動手，一定是兵力不敷，不能不暫待一下。若待到了兵力調齊，遲早總會一鼓進攻的，自己兵力有限，卻不能老是這樣坐以待斃，必須設一個萬全的方法。王榮彪建議道：「先下手者為強，我們便當乘對方布置未周之時，即行用反攻方法衝出營去，別作我們的打算。」蕭蘇坡長嘆道：「困守不是久計，我自然是知道的；但殺出去又怎樣呢？無端與省軍開仗，省軍是絕不能容我的。本軍忌妒我的人很多，也未必始終祖護著我。將來是非做土匪不可的了，天要逼我走那一線路，我又有什麼法子可以避免？不過就要反攻也須等到夜晚才方便行事，眼前還是鎮定片時吧！」那時忽有一員排長進來報告道：「我今查出這當店竟還有一個後門，通到後街城根。對方不知道，並沒有派人防堵。倒是我們出走的一條捷徑呢！」蕭蘇坡喜道：「有這後門就好辦多了，準定今晚十一點，從這後門退兵，開出城去再作計較。但絕對不准在城中擾民，一切輜重也全行帶走。大家快些準備，免得臨時慌張。」於是全營人馬都在暗中急急收拾，專等候夜晚的到來。

哪知午飯過後全營正在捆紮行李的時節，猛聽見城外火車站上汽笛連鳴，又雜些軍號之聲，似乎已有軍隊從別方開到，正在下車。蕭蘇坡大驚失色，暗暗叫苦道：「這定是對方援軍來到，開戰就在目前，等不及夜晚行事了。」正補下一令出去，叫部下積極戒備。更不料營門口一個哨兵卻跑進來報告道：「圍守營門的省軍忽地撤去了，卻不知是什麼緣故呢！」蕭蘇坡不信，忙也跑到營門外一望，果然那些機關槍和大砲已經不見，左右幾百步以內也不見一名省軍，實是撤到旁的地方去了。蕭蘇坡好生奇怪，便派了幾員機警得力的部下出去哨探動靜，一面卻悶在大葫蘆裡，猜不透對方是何把戲呢。

下

天下事有許多是突如其來，預想不到的。譬如蕭營被圍，耳聽城外火車站開到了一支生力軍，鳴號擊鼓，聲勢非凡，顯見得是由省軍搬調而來，立刻就會會合前來攻打本營。又誰知所料不實，反替本營解了圍去呢？原來新到的這批軍隊，還是與蕭營同隸一軍的本軍，忽然於這緊要的時機開到滎澤。省軍受命圍攻蕭營的那一團人，本也曾急電省城，說是蕭營頑強抵抗，人少不足取勝，請增調兵隊前來助戰，以便一鼓而攻的。此時聽說火車站有新兵開到，也早已派人前去問訊，看是不是省城派來的援軍。誰知探聽的結果，並非省軍所派，仍是蕭營的本軍中人。一陣疑神疑鬼，以為劉旅長有意袒蕭，調了些軍隊來幫助蕭營，自己的援軍反沒有先趕到。審形度勢，更顯得省軍孤單，不是客軍的對手。不得不退讓一時，保全兵力，便猛的撤了前防，暫時取消包圍的計畫，急忙忙的退到火車站帳棚中，等候省城二批援軍到來，再定計較。其實那支生力軍可真是來替蕭營助戰的嗎？卻又絕對不是，只因這支客軍近方有事於秦中，軍長新頒一令，命駐在黃河北岸的本軍謝蔭雲旅往黃河南岸滎澤縣集合，邀集劉旅、蕭營一同轉車往隴海鐵道向潼關開去，所以謝旅便攜著命令到滎澤來與劉旅、蕭營會合。蕭營中哨兵探明消息，急急回營報告。蕭蘇坡欣喜得了不得，連呼好了、好了，有另外很妥的辦法了。

原來新到的旅長謝蔭雲與蕭蘇坡私交甚是融洽，蕭蘇坡當初投奔來此，便是謝蔭雲一人所介紹。每每有人在軍長前說蕭蘇坡的壞話，全由謝蔭雲代為解釋，得以保全無事。如今盼到這一位好友來，自然可以解除多少的困難。當即火速派人持著名刺到火車站將謝旅長請到營中來談話，見面之下，蕭蘇坡從實把近來惹禍的情由，一一說給謝蔭雲聽，並請他想個妙策，成全王榮彪這一股子人。謝蔭雲道：「照事理上講，你此舉實在有點鹵莽，實是你在外做事的日子很淺，吃苦不多，不知外間的難處。你想想，你孤單單一個營長，在本軍根柢未深，哪能夠不加三思，便擔待這麼一副重擔。設使沒有人原諒你，不特窩藏匪類，罪名非淺；還須被人中傷你受了匪徒許多賄賂，影響到你的名譽。一旦上峯認真追究下來，自身不保，更還連累王榮彪一股人。試問你有始無終，義氣又在哪裡？我和你交情非同泛泛，故敢直言規勸你一番，以後切莫再要這麼隨便行事。至於這次的岔子，我既來到這裡，就你我的交情和本軍的關係講，自難袖手坐視，不替你想法子。我現有一個絕妙的方法在此。明早我先開往潼關去，上車的時節，故意叫部下到城內來繞一個彎，說是幫同劉旅搬運輜重。打從你營門口過，趁著天光未明，你預先把那股人裝束妥當，一個個走出營門，插到我們隊裡，由我保護著一同上車，先行走避。往後人贓都已不在，省中來使抓不著證據，也就不能把你怎樣了。橫豎你的隊伍三五天後也得來潼關會合，到那時我還可將這股人原數交還你，並慢慢設法代你稟明軍長，正式改編他們。我和你弟兄多年，原和一個人模樣，你能多培植點勢力，我哪有不有盡力幫助之理。」蕭蘇坡聽了這個妙計，趕忙向謝蔭雲道謝。並也自認閱歷不到，多蒙好友指教，將來救出了這股人交給誰帶都行，自己包攬此事，全是一時義憤衝動，並沒有旁的私心呢！謝蔭雲謙遜了一番，又叫王榮彪等上前來見過，也覺得這股人究還可用，仍當面誇獎了幾句，允許一路上絕不歧視他們。將來總有個最妥適的解決方法。這時才辭去了營部，約定明早五時再在此地會合。

到了夜間，蕭蘇坡便命王榮彪將所有竿上的弟兄們，聚集在一處，收拾行李；又勻出些舊軍衣來叫他們全扮成官兵模樣，以免露了痕迹；其餘輜重全行捆紮在牲口上，悉聽王榮彪帶去。王榮彪本想留些銀錢衣服和煙土送給蕭蘇坡，怎奈蕭蘇坡執意不收，說是真果收下便真成了受賄窩贓，對不起謝旅長了。預備了一整夜，諸事粗已就緒，只有一樁困難的事，是王部有兩個受傷的弟兄，是在石屏寨中了槍彈的，槍彈陷在肉中，至今未曾取出。營部中缺少軍醫，也未曾加以治療，病勢沉重，手足不靈，連馬背都跨不上去，怎麼能隨同上道；若是留在營裡，又恐怕將來被省中眼線看破擒去，既白白送了性命，還又使蕭營終於免不了干係。計議了一會，還是帶走的為妙，硬將馬匹備好，叫人將這病夫抱上馬去，用許多腰帶連人帶被窩一同綁在馬背上，只要短時間坐得穩，另由旁邊一個朋友替他牽著馬慢慢隨行，一到了火車站就沒有危險了。

結束停當，時間已差不多來到，王榮彪拜謝過救命之恩，蕭蘇坡也約定了後會之期，這才揮淚而別。親送到大營門口，恰好那時謝旅的隊伍正如約來到門前經過，便按著行伍的距離中間一個個插了進去，直走到火車站中來上車。幸喜外間絲毫沒有動靜，天色也曚曨慘淡，不怕被人看見，就是這樣神不知鬼不覺的安然脫險而去。那駐在車站附近的省軍，料不到逃匪們會這樣移花接木的逃走，自也沒曾來得及干涉。那卻不然。在火車將開的時節，省軍中的暗探本也雜在人叢中窺探，早看破一點形迹出來，只因火車開得太快，來不及回去調隊，只眼睜睜的看著他們帶走。再還有一樁趣事。三百個匪徒當中哪有都能遵守命令一致行動的，其中有一個粗心大膽的少年人，平日幹那搶劫勾當，甚是勇猛，所得的贓物財帛比任誰都多，用一個小白布包袱裹著，成天的捆在身上。此時見大家出發到遠方去，自己卻不願隨行，仗著他多有些錢，想一個人逃回北京，且去逍遙快活幾天再說。便乘那昏暗雜亂的時候悄悄丟了長槍，揣著一支盒子砲，溜出了隊伍，躲在一家小飯店內，換了便衣，問明了火車到北京的鐘點，又一個人闖到車站來搭車。但那時車站已無本軍蹤跡，全布滿了省軍和偵探了。偏偏有一名暗探，從前在督署衛隊中認得這少年人，見他急忙忙的買票來上車，便上前喚著他的真姓名，打算動手將他擒住。他見勢不佳，使出他的野性和武藝來，拔出盒子砲便將那暗探一槍打倒，不顧命的往鐵軌上向北直跑。等那省軍們聞著警信紛紛上來追趕，他卻已逃得不知蹤影了。後來這人終於沒曾拿獲，也不知道他是從何處逃上了火車及向何方逃跑掉了的。然而王榮彪這股人已經逃出了蕭營中，省軍隊裡卻能證實無訛了。

第三天省城督署又來急電，仍命那一團人相機攻勦，切實交涉；又加派了一營督署衛隊和一員衛隊旅的洪旅長來會同辦理。那洪旅長重復找到了劉旅長。那旅長卻早知道匪徒已經不在，便也就緩和下來，讓一步回答道：「既然貴處不相信我們，硬疑蕭營窩匪，那麼我就允許你一同進蕭營去查勘罷。」洪旅長卻獰笑著答道：「如今我倒不要進蕭營中去搜了。承你好意許可，只惜答應得太遲一點，我已不領你的情。王榮彪那一股子匪，早已被貴軍謝旅帶走，你怕我們不知道嗎？」

劉旅長倔強得很，不由還是抗辯道：「這些莫須有的話我懶得同你分辯，你既說蕭營窩匪，便須交出個證據來；不然迭二連三的搗麻煩，豈不故意來與我們作難，還傷及我軍的名譽。難道你就不顧主客軍向來的交誼嗎？」洪旅長忸怩道：「既然如此，不說那麼多廢話也好，只是我弟兄奉了敝上命令，擬請貴軍蕭營長同我到省城裡去一趟，到底有沒有窩匪，由他和敝上當面去說，你意以為如何？我想這一點小事，你總可以答應我叫蕭營長動身同去了。」劉旅長道：「照這樣說，貴上有命令拘捕蕭營長，要你們押解回去嗎？若是蕭營長真個犯了罪，應該拘捕的。請貴上和我們軍長去說，只要我們軍長有命令與我，叫我拘捕他，我自會動手。若是沒得軍長的命令，你同我還不是白說嗎？」洪旅長忙陪笑道：「不是的，我並沒說蕭營長犯了什麼應該拘捕之罪，只是敝上請他去談一回話，這又有什麼不可呢？」劉旅長道：「請他去一趟，這倒還勉強像話。但如今軍事倥偬，不知蕭營長有工夫去沒工夫去，更不知他願去不願去呢。」洪旅長道：「敝上既請他去，也總得撥冗去一趟才好。想這一點小面子，總是要給的。」劉旅長道：「這個我可不能作主，我也沒這權力可以勉強他去。」洪旅長道：「那麼請你把蕭營長傳到你司令部來，並也約了我去，由我當面請他，你看好不好呢？」劉旅長道：「也好，就是這麼辦。去不去由他，請得動請不動在你，我只介紹你兩人見面，那總是可以的。」洪旅長拱手道：「那麼多費心了，就約定明天十二點鐘在貴司令部敘頭罷。」

洪旅長去後，劉旅長正打發人去通知蕭蘇坡，忽又報雷團長來到，趕忙請了進來。雷團長便道：「我是奉了軍長之命，前來查辦蕭蘇坡的。原來蕭營窩匪的事，軍長也有些知道了。」劉旅長道：「這件事已辦妥貼了，蕭營中已沒有土匪的影子；就是有，我們為著本軍關係，也得抗一下。他們省軍方面欺人太甚。這兩天真逼得我滿身都要發火，我們絕不能長他們威風滅本軍志氣的。」那雷團長原為這事和蕭蘇坡在石屏寨衝突過，居心要坑害蕭蘇坡以泄私忿，便立進讒言道：「蕭蘇坡窩匪，是千真萬確的事，我都可作證的，犯不著為他一人得錢受賄，我們大夥兒替他擔聲名。我看還是照公事辦的對。」哪知劉旅長始終不肯屈服於省軍之下，勃然發怒道：「就是蕭蘇坡受賄，也是同鄉遇著同鄉的常情，可以原諒。幹嗎自己的指頭要往裡面折？」雷團長道：「旅長若要顧全蕭蘇坡，不如要他多少認一點，或是胡亂說容留過幾個人，實是一種錯誤，並非出於本心。陪同洪旅長到省城去請罪，想必省署也不至十分與他為難，豈不是兩全其美嗎？」劉旅長氣得把桌子一拍道：「這是什麼話，軍隊窩匪窩一個也就成立了罪名，多認少認有什麼分別？若再要他同去，更簡直是去送死。你怎麼那樣糊塗咧？」雷團長見讒言終於說不進，懊喪了一陣也只索罷了。

蕭蘇坡在營裡，聽說劉旅長通知他，叫他明天到旅司令部中與省城派來的洪旅長說話，不由暗下有些驚慌，便與左右商議道：「明天此會，凶多吉少。萬一那洪旅長帶了多人當場要捕拿我，或是劉旅長承認將我送去，那卻怎麼辦？但本軍旅長的命令，不能違抗，不去預會也是不行，這卻如何打算呢？」商議了許久，還是部下一員連長從容建議道：「去總是要去的，只須有很周密的防備，也就行了。我有一個主意在此。明天營長去赴會時，可多帶幾名護兵馬弁同行，先在營中挑選十來個會打槍有武技的人，無論是何官階都喬裝成兵士模樣。到了旅司令部門口，每一道門留下兩個人把風，還剩下幾個人便緊隨在營長左右，直到會議席上。人人都穿上全副武裝，帶兩支手槍和盒子砲，槍彈也全行裝上。再派幾十名外穿便服內藏武器的人，在旅司令部前後左右看動靜，一有什麼風聲，每層門傳一個暗號，大家立刻戒備，硬打也能保著營長打出來，怕他作甚！若是不去，一來示弱於人，二來公事上也說不過去。雖說我們居心並不想反，也不肯胡亂造反，但真到危急時候，反反卻又何妨？不過不鹵莽亂來罷了。」

蕭蘇坡聽這計可用，便答應照此預備。到了那一天，蕭蘇坡穿著中校軍服，渾身上下暗藏著四管手槍，外面還佩帶著一桿盒子砲。隨行的十四名親信一律改穿兵士衣服，各帶盒子砲兩枝。預算那旅司令部從外間到裡面客廳共有五層門，每層留兩個人把風，還剩下四個人隨自己進去。又加派自己兄弟蕭西坡扮成馬弁目，在旅司令部中各層門上往來通風報信，其餘穿便衣和著軍裝的派在街上逡巡，也有一百餘人。至於留守營底的人，也全身武裝，等候著廝殺接應。這才按著鐘點簇擁著步行到旅司令部去。

到了那裡，果然見也有不少的省軍在門前把守。蕭蘇坡等大膽闖了進去，按著原來計畫一一布置，及走進了客廳中，洪旅長帶了八名馬弁，也已赫然在座。蕭蘇坡對劉旅長行了軍禮。劉旅長就向洪旅長面前與他介紹，蕭蘇坡又行了一個軍禮，便退到劉旅長身旁坐下。四名護兵緊立在蕭蘇坡身後，他兄弟蕭西坡便立在門外往外邊使眼色，每咳嗽一聲，每層門上的把風人全都紛紛咳嗽相應，連大街上也是一片咳嗽之聲。洪旅長所帶的人聽了，就知道蕭營中已有戒備。

劉旅長先發話道：「蕭營長，你來得甚好。省城裡派洪旅長到來，說是你窩藏了匪類。我本來知道你是不會幹這事的，無如他們不相信，有什麼話，你當面說給洪旅長聽罷。」蕭蘇坡道：「旅長明鑑。我雖當著一員營長，原也是讀書人出身，向來守禮知法，絕不敢做軌外的事。什麼窩匪的話，真一點兒影子也沒有，不知省裡根據什麼人報告，誣我這大的罪名。趁著洪旅長在這，正是我洗刷名譽的機會，就請洪旅長到敝營去查看一下，若查得出半個匪來，我情甘照軍法從重治罪；若是查不出來，也敢問洪旅長一聲，應該怎麼樣賠償我清白的名譽。」

洪旅長道：「這些事我也知道是非有切實證據不可的，敝處絕不會定要硬指你窩匪。只是鄙人此來事不由己，是奉了上峯的命令，只請貴營長陪我同到省城與敝上當面說明白，便什麼事都沒有了。貴營長問心無愧，何不就與鄙人同去玩耍一趟呢？」蕭蘇坡道：「我有我的長官在此，行動是不能由我自主的。別說我並沒有上省與貴上見面的必要，就是自己想去拜訪，也須上司有命，才敢啟行。請貴旅長還是問問我的上司劉旅長罷。」

劉旅長接著說道：「蕭營長這話說的很對，一個現役軍官，離開隊伍和職守，應友軍的召請，我也是作不了主的，須知我上頭還有軍長。如今軍長並沒有話，我哪裡有權可以叫蕭營長走呢？」洪旅長道：「無論如何，請蕭營長辛苦一遭，有什麼不妥，全由我負責便了。想敝上和貴軍長原是好友，事後只要敝上與貴軍長說明一聲，還會錯嗎？」說罷向他身後馬弁呶了呶嘴，恨不得就要撲過來捉蕭蘇坡，及看這旁的護兵一個個將盒子砲在手中玩弄著，卻又不敢造次。

蕭蘇坡便很斬截的回答道：「敝軍的旅長既沒有命令叫我去，我自然是不能去了。況且敝營今天已奉到軍長命令，即日就須開拔到潼關去，我也沒有工夫可以私自出門。對不起洪旅長，我有事不能多陪，敝營裡還有許多預備開拔的事，待我回去料理呢。」隨即立了起來，又向劉旅長說道：「旅長，還有什麼吩咐的話沒有？」劉旅長道：「本來是要出發了，事情很多，只因洪旅長定要你來見面談一談，我不能不客氣點請了你來。如今話已言明，你就好好回營料理去罷。」蕭蘇坡答應了一聲是，舉了一舉手，便大踏步退了出去。洪旅長連連搖手道：「慢慢的，還有話商量呢！」說著還想上來阻擋。蕭蘇坡頭也不回，仍是朝外急走。每層門上的護兵依次接著，全然槍口向前後左右四方注視著，面目獰獰，氣態強硬，顯出些凜然不可侵犯的樣子。洪旅長等倒噓了一口氣，只好瞪著眼任他們飄然遠引。

劉旅長暗暗在一旁竊笑，便也來與洪旅長打諢道：「我勸你不要請他去，你偏要不依。

哪知道敝軍的官長們沒有敝軍長的命令，是誰都請不動的啊！」洪旅長氣得一言不發走了出來，與部下發脾氣道：「你們這些飯桶，怎麼不扣住他。」部下有一個傻漢答道：「他們有了防備，帶了許多人跟隨著，一旦鬧起來，亂槍齊發，你在裡面怎麼走得掉？我們為的是顧全你才不動手的呀！」又另有一人說道：「若是旅長不進去，只要我們在門外拿他，就哪怕與他開仗，也不會有什麼顧忌了。」洪旅長歎息了一聲，未可如何，只好依然據實打電回省去報告一切。

蕭蘇坡闖出了這鴻門會，自是欣喜非凡過一天，便與劉旅長一同拔隊到潼關去了。但他事後想起來，自己這點孤軍，免了這場禍事，實是有點僥倖。往後日子很長，自己內不能見信於本軍，外又得罪了本地省軍，無處不含著重大危險。設有差池，必會弄得身敗名裂，毫無下場；便也灰心軍界，決計退休。將自己一營人，交給兄弟蘇西坡帶管。王榮彪一股人讓與好友謝蔭雲收編。自己上了一個辭呈，由軍長批准下來，允如所請。他兄弟和王榮彪也一一有了地位，他就躲過一邊，實行那明哲保身的計畫去了。

著書的人說道：這支孤軍受了省軍逼迫，竟未變成土匪，那是很僥倖的了！民國改建以來，軍隊變匪的很多，大概都是有人逼成的噓！

包四閻羅

蒙古地方人民多以畜牧為業，尤其是那些富而且貴的蒙古王公，每每都擁著極大的牧草，以表現他們的豪富。這些牧群中，飼牛的有牛群，牧羊的有羊群，放馬的有馬群，又更以馬群為最有價值。因為蒙古的馬種好，比牛羊都值錢多。每年從夏季天到秋季天，蒙古平原上靠近鹽池的所在，青草長得非凡茂盛。蒙古王府裡所有的牛群羊群馬群，全撒開了在這些地方，任其喫那不花本錢的上好食料。只要幾個月工夫便都喫得很肥大，可以平白地增加上許多價值。不過這其中又自然是馬群的利益為最大了。大概每一個馬群，從幾百匹以至幾千匹，盡都是些未受羈勒口齒幼稚的良馬。若細細加以擇選，一群裡頭什麼龍種千里駒之類，總可以發見些個，只憑這麼一兩匹，便值錢不少。就是整群整群很平常一般的賣與中國內地或俄羅斯的馬販子，也可以得一筆很豐厚的代價，因此這個馬群便成為蒙古王公高貴的財產，很能引起一般人的歆羨。便又有一種專做沒本錢生意的馬上健兒，在每年秋高馬肥的時候，特來到有馬群的地方施展一番劫奪的舉動。至於他們劫奪的方法是預先結合著一小隊心粗膽壯和騎術精馴的盜馬賊，一樣騎著快馬，從遠處向這牧馬的地方馳來，一直鑽進這馬群裡。那十來個同黨便呼嘯的呼嘯，揮鞭的揮鞭，放槍的放槍，打響器的打響器，務必出其不意，教那些馬喫一大驚，東西亂竄。然後由一個為首的勒轉馬頭，領導著這些奔馬奔向他自己集合的地方去。再有許多徒黨在兩旁和後方不住吆喝著揚鞭趕動，居然把那些馬都受著脅迫聽他們的指揮。每每一個大馬群，被他們這樣整個的趕走，或是劫去十分之七八都毫不足為奇。而且劫奪的時候絕不像鼠竊狗偷一般怕人知道，並故意鬧的震天價響，賣弄他們的好身手。只要手段敏捷，如風捲殘雲般一趕便走，再加上逃走的時節施展出最擅長的騎術，星馳電掣，一轉眼間便去得無影無蹤。不特事前教人防不勝防，事後也萬萬無人追趕得上。但是一群馬是值錢很多的，劫去的人送到西比利亞一賣，固然是得其所哉；那失馬的蒙古王公平白失去這麼一筆大財產，又那能就此甘心任人劫奪，便也為著保衛起見雇用著許多勇士和蒙古兵，在有馬群的地方嚴加防守，並遠遠地放出馬探。有時盜馬的那方面風聲不密，或是行動迂緩了些，被這邊防守的人偵得消息，預先派出隊伍向前迎敵，就免不了一場惡戰。又有時縱然很迅速的衝入馬群，大家混戰一場，秩序越亂，那些野馬越驚竄得厲害，使看守的人很感不便，但收隊走去之後，若是不能用特別速度飛也似的逃走，被防守的人集合人馬追上前來，也往往會受些傷損。所以幹這個盜馬勾當的必定要有點特別出眾的本事；第一要馬騎得快，第二要槍打得準，此外眼睛要靈，手腳要活，膽兒要大，心思要細，各色俱長才能算是能手。

如今單講三十年前外蒙地方一個著名的盜馬團首領包四閻羅，原本是山東人，弱冠的時候不知怎樣混到外蒙當賊去了。自從劫過幾個大馬群，將他的全身武藝顯出，為同黨中人所佩服，就推他做了首領。每逢幹活的時節，他總是一馬當先，第一個來擾亂馬群。他又深知馬性，能發能收。無論馬群中驚竄得東奔西散，他唿哨一聲領著道兒向去路飛跑，那些奔馬都自然惟他馬首是瞻。有時與看馬的蒙兵打起仗來，他或是衝鋒陷陣，或是殿後拒敵，憑他的一桿手槍射擊得很正確很迅速，只要手兒一撒，槍彈應聲而出，絕沒有虛發的。甚至於有追兵追得很急，他只須回頭一眼瞥見，隨意伸手向後放上一槍，也是百發百中。有許多人見識過的都恭維他這一手叫撒手神槍，和從前秦叔寶撒手鐧一般赫赫有名。又因他槍法是專向敵人太陽角和正胸射去，當著的休想活命，便又大家替他取個綽號叫包四閻羅。所以叫包四的，是因為他在家裡弟兄排行第四；所以叫閻羅的，就因為他槍下太會要人性命。

包四閻羅出名以後，不到幾年碰著了好機會。蒙古地方另有一種蒙匪作亂，雖說包四也一樣做的是賊，但他是漢人，平日因為蒙人在蒙古地方常常依仗著主人翁的勢力欺壓漢人，是他向來所痛恨的，當然不與蒙匪合夥，而且還有時故意掣蒙匪的肘，保護蒙古道上為蒙匪所蹂躪的內地客商。那時恰巧清廷派來一個統兵大員名叫馬宮保的征勦蒙匪，從一些逃離出來的內地客商口中探聽出包四閻羅的大名，便特地挽出與包四相識的人勸他歸順，好收他作一臂之助。他本來是具有大志的，何嘗肯以盜馬賊三字了卻他的一生，便欣然受了馬宮保的招安，來到馬宮保軍前投效。馬宮保看他膂力強壯，性情爽直，是一個熱血男兒，高興的了不得，登時就委他做一名哨長，由他統率所帶來的一般弟兄成立一個小隊，隨著大軍向前作戰。他從此就一帆風順做起軍官，立起功業來。在征勦蒙匪那回戰役中，他總是包打前敵，衝鋒陷陣，所向披靡，很打了幾個有名的勝仗。

有一天他因為按著平日臨陣的老習慣，總是一個人一騎馬單槍直人，殺一個很痛快。雖離出本軍的陣線很遠，他恃著人快馬快，以為可以來去自如，一星兒也不害怕。不想這次遇了一個勁敵，是蒙匪隊中的大頭目黑皮喇嘛。那人身材高大，雖與包四差不多，但那一身渾肉比包四肥胖得多，蠻力似亦在包四之上。他二人無意中在喇嘛廟不遠的荒原上遇著，正是仇人相見分外眼明，便斗的交起手來。那喇嘛騎著一匹高頭大馬，遠看像一尊天神模樣，刷的一聲便對準著包四施展出他平生在戰場上的一種神技，那是一根很長的絆馬索。蒙古人原用來捉野馬的，只要遠遠一拋，準套在馬頭上，那活結兒越絆越緊，便任憑什麼劣馬都可以一拉便走。這喇嘛仿照這辦法，別出心裁製成一根藤桿，將這繩索用一個車骨碌繫在桿頭上，一拋出去非常準確有力，可以將敵人連人帶馬一索擒住，或是把敵人絆上馬來。包四猝不及防，就遭了這個暗算。那喇嘛見包四已經落馬，有心要收拾包四生命，依然揚鞭飛跑，從馬上緊拖著那根繩索。任憑包四在他的馬後的地下拖著滾動，像這樣跑上幾里路，哪怕包四不將一身皮肉擦破成一個血肉狼藉半死不死的人兒。哪知包四一交摔倒之後，定了定神，猛然想出一個死裡求活的妙法來。他不忙去解他身上的束縛，也深知道這種活結愈纏愈緊，不是解得開的。反而伸出兩手將那繩索的上部一把撈住，利用那喇嘛反動的活力使勁向懷裡一拉，竟將那喇嘛也拉倒下馬。設使那喇嘛不用力去拖他，本也無從施展這個妙計，這總算是天假的好機緣呢。等到那喇嘛落馬以後，他兩人已一同倒在地下，包四總算是恢復自由了，趕忙又用很迅捷的手法拔出一柄利刃，將捆身的繩索割斷。等那喇嘛翻身扒起奔向前來捉他時，他便與那喇嘛扭做一團亂打。幸他內工練得很精，施出幾手拳腳，將那喇嘛打暈過去。接著救援的官兵趕來，便又將那喇嘛活捉去了。他遇險不死，反而得著最後的勝利，他智勇兼全的名聲，便從此益加浩大。

後來蒙匪平定，蒙古又另外出了一件亂事，叫紅帽造反。包四又立了一回大功。但提起這回事來，卻又話長。只因有一年正月初一的那天，有一個在蒙古做小賣生意的山東小子隔夜賭輸了許多錢，忽然大發其神經病，順手摸出一方紅布，往頭上一纏，又舉起一把短刀，跑在市集上狂呼亂叫，說是殺蒙古韃子呀！你不殺韃子，韃子就要來殺你了呀！有些個漢人莫名其妙跟在這瘋漢身後看鬧熱，不想在道上遇見了幾個蒙古人，以為這些人真個要殺他們，便也真個拔出刀來迎敵。兩下一言不合，決鬥起來，那瘋漢喊得越是起勁，便又有些不明事理的也一個個加入戰團，並都照樣用紅布包紮著，一聲聲喊著殺韃子。這風聲一傳開去，那些客籍人又因平日蒙古王公威權很大，凡是在蒙古地方耕種的都得向蒙古王府納稅，並還有種種的苛捐，譬如那些在王府裡當協理或管事的，每每矯傳王爺的旨意，說王爺如今有一種特別的用度，便任意向各佃戶攤派，或是隨便將牲口和一些值錢的東西搶了走。誰也不敢抵抗，但是心裡終是不甘服的，懷恨既久，碰著這個可以發洩的機會，就一發而不可收拾，到處的農民全都加入響應，竟成了一支人馬。內有幾個很精靈的人又特為編出一段神話，說那瘋漢是天神下降，受戒的應都用紅布包頭，才能得天神的庇佑，殺盡韃子，不為韃子所傷，便一律以紅布為標幟，自己定名叫紅帽黨。旬日之間連破了幾個蒙古堡，又攻入內蒙幾個縣城和村鎮，脅迫著許多良民也一同跟著他們成夥，居然便集合了好幾萬人，揚言要打到北京來呢。清廷接了這個警報，以為是人民造反，立刻命大軍勦伐，統兵的還是馬宮保。當前敵的又還是包四。依清廷和馬宮保的意思是要將那些亂黨一律屠殺勿論，包四卻斷斷以為不可，極力向馬宮保抗議道：「這回事是那些蒙古王府裡倚勢凌人的協理和管事人逼成的，許多的紅帽黨，被脅迫而加入的也很多，一律屠殺於心何忍？除了幾個賊頭罪在不赦以外，其餘脅從附和的人，由我去勸諭解散。我包能平定下這回亂事。若是不依我這話，我只好告假不幹這個差事。」馬宮保聽他說得有理，滿口答應。他果然勦撫兼施，不上半月工夫，便告了肅清，保全了不少民命。也因為他在蒙古一帶很有聲名，一般紅帽黨徒信任他不是暗助蒙古人欺壓同種的人，才如此肯聽從他的勸說。他事後又邀集了多少蒙古王府的辦事人員，苦勸以後不要苛待佃戶，免釀意外的變故。從此漢蒙兩種人間，並因此恢復好感，再沒出過第二回岔子。這都是出於包四一人所賜呢！

到了民國時代，他那一哨人馬改歸姜軍統改編，在熱河附近也平過幾次匪亂，但他卻漸漸交入蹇運了。那時任何軍隊，都有一種新人物在內，欺負他是個一勇之夫，不認得字，常常冒他的功，或是用一種陰謀和他傾軋。他為人爽直，不喜巴結人，常討不著長官的喜歡，因此他雖然仗著平生戰功，官階上已陞到中將，但所帶的部屬，仍然是從前那一哨老人，在軍職上也只是一員營長。他常常撫髀嘆道：「我並不想當師旅長，帶上許多的人。我只願與我一同做過賊的四五百弟兄們，終身廝混在一起。若是我捨得離開他們的，我早不願做這個撈什子嘔氣官，到深山做和尚去了。」

民國九年，他隨著本師常師長駐在河南。吳大將軍容不得他們，將他們調到贛邊去打革命黨。他那一營騎兵剛下了京漢火車，來到漢口江岸要搭船渡到江西去。忽然長官傳下一道命令，說南邊俱是山地，騎兵沒有用處，運輸上更感困難，將他的騎兵，改成步兵，所有馬匹就地在漢口餵養，或是變賣。他念著那些戰馬都是極好的蒙古種，相隨多年，馴良可愛。一旦將他拋棄，心裡萬分難捨。臨別之時，他和他部下都對那些馬痛哭了一大場。那些馬深通人性，也是舉首哀嘶，叫得甚是慘切。他又顧念著漢口沒有好草地，餵馬不便，還怕被人盜賣，遭著損失，更特地派出幾個親信人，將那群馬送回口外開魯地方自已私宅裡餵養，這才安心上道到贛邊去。後來在梅嶺度了幾月，一般人感著山嵐瘴氣，水土不服，全都病倒。他也病得半死半活懨懨一息，便發了一個恨，向長官請長假道：「我要走了，如再不離開這地方，我和我的弟兄全都會病死，那是何苦。請您遣散我們罷，我帶他們回老家一同當和尚去。」但常師長不應允他這要求，只准他請三個月的病假，回原籍養病，假滿後仍須回防銷差。他強辭不得，只好帶了十多名親信衛兵，扶病登程。臨行並對部下說道：「我是絕不再來的了，你們願跟我的，慢慢的陸續請假，回到我家裡來，我總養活著你們就是。」

當他路過北京之時，寄寓在雍和宮，經一個友人介紹，曾承他親到記者的寓所裡，暢談了一頓；又一同上酒檔子裡喫了一頓飯。那時他已五十多歲的人了，身長在五尺以上，狹長的面龐和罩了一層嚴霜似的，兩目也炯炯有光，腳上套了一雙黃皮統長靴，走動起來健捷無倫，很顯出他腰腿上的工夫的是不弱。不過病後未曾復原，身體還是很瘦罷了。酒酣耳熱，他連連的嘆息：「這一輩子就是這樣完了。我只是捨不得那班弟兄和那些馬。」記者曾勸慰他道：「天下方亂，後來機會正多，何必灰心呢！」他正色道：「什麼機會，只要能夠好好死在家裡，就算便宜的了。我生平沒做過大壞事，只是在戰陣上殺得性起，有些好多殺人。雖說為的是公，不見得就是罪過，但問心總算殺人太多了。古來好殺人的名將，據說都死於非命。我將來恐怕也是不免的啊！」一席散後第二天，他就回開魯去了。那是十一年冬天的事。記者當時本就以他這番話說得太沒來由，不想還竟成讖語呢！

十三年的夏天，又有朋友告訴記者，說包四在家裡被人槍斃了。細一打聽，原來包四回到老宅後，病體日漸痊癒，不免靜極思動，仍打算幹些事業。江西地方，英雄無用武之地，是絕不想回去的。原籍地方自己沒有兵柄，也做不了什麼事。恰巧那時東三省反對曹、吳，打算興兵復仇，從熱河方面進攻。久佩服包四是個將才，在當地號召得出許多人馬；又因不能為曹、吳所用，抑鬱不平，正有些躍躍思動。便挽出一個與包四有交情的人，祕密來訪包四，說明東三省借重之意。只要他肯加人討曹，一切接應可由東省從豐供給。包四正愁無事做，遇著這現成機會，當然滿口應允，並訂下許多祕密條件。什麼軍餉的匯送，軍器的輸入，都議得有些眉目。包四便暗暗召集部屬，準備結合。不想事機不密，被當地的鎮守使張二扁子截留了一封電報去，查出這裡面的祕密計畫，不由不使張二扁子大喫一驚。論理這張二扁子也是包四的舊同事，還拜過異姓兄弟，平日很有交情，最近也都有來往，又何忍為這點旁人家的事戕害多年的老朋友？但張二扁子這時正受著曹、吳的籠絡，膺著地方上守土的重任。平日既深知包四厲害，就不敢輕覷此事。又深怕自己為這個岔子失卻地盤，耽誤了自己的功名，對不起曹、吳兩家恩主。便就心上一橫，決意殺友求榮，不講什麼義氣了。一面打電進京告密，一面不動聲色備柬請包四至公館內來喫酒。包四為人心無城府，萬想不到會中人圈套。屆時竟惠然而來，連一點戒備都沒有。在酒席筵上張二扁子勉強敷衍了幾句話，便推說另有公事，告便自去。去不多時，走進許多衛士便把包四綁了。包四此時雖明知不妙，但還鎮靜問道：「你們這是幹什麼？」有一個副官上前翻開一張電報說道：「你私通東三省，擾亂地方的陰謀發作了。今日北京有電來要重辦你。我們鎮守使也沒有法子，只好對不起罷。」包四這才明白張二扇子竟有絕義殺友之心，破口大罵一場，從容就義，什麼遺囑都沒有，只說張二扁子你好好幹罷，陰險的人將來總有報應的。後來張二扁子在第二次奉直戰爭裡果然被學軍打跑，並沒曾保住位置。有人說張二扁子若是顧朋友的，縱然不贊成包四的辦法，勸包四暗地裡離開那地方，也就完了。又何必定要好朋友的性命呢？包四死後，還有一種可以值得記載的事，是他的一個蒙古妾聽得了這個凶訊，一點也不驚惶。特地跑到張二扁子公館裡，見面跪求道：「人既已死了，便什麼也算完了，請大哥顧念舊交允許我好生裝殮他，使死者安穩到地下去罷。」說畢嚶嚶啜泣，很有哀而不怨的態度。說得張二扁子發生了羞愧之心，拿出許多銀子囑伊裝殮。伊等包四下葬之後，便悄悄的懸梁自盡了。

如今曹、吳既倒，奉軍得勢，想必總有一種旌賞包四的辦法。只是記者不過與他匆匆會過一面，對於他生平的軼事，知道的很少，胡亂謅成這一篇小說，掛一漏萬，未能傳出包四的生平，倒是一種遺憾呢！

卡單線

那時還只是十月裡的天氣，然而口外朔漠的地方，卻早已風雪交加，演成一個嚴寒的氣候了。

這一日，熱河蘇仲子約集了一個好友，從家裡動身往北京去，摒擋點商業上的事體。早晨八點鐘家用的騾車早已預備好了兩乘，仲子和友人左三各分坐了一部，趕車的吆喝著將車兒趕了上道。剛一出了莊門，猛地一陣大北風從天上吹來，吹得漫山遍野的枯樹枝兒呼呼作響。雖說這一行的人馬是向南趲路，並不曾逆著風勢，但這日天氣甚是惡劣，四下黃雲密布，好像連天幕都矮了好幾丈。那狂風又繼續不斷的吹來，尤其似從四面八方旋轉而至，將他們包圍著襲擊，只要這風尖兒一碰到他們身上，便如針刺一般，刺得人皮膚作痛，連眼皮兒都合不攏來，只索縮著身子到那以皮作幔的車篷內去藏躲，並盤著雙膝，在那狼皮坐褥上取媛；倒不能不佩服那趕車的人僅僅披著一件羊毛皮襖，帶著一頂毛氈帽，卻昂然跨在車沿邊，拿鞭子一抽一繞的趕騾子，保持著平衡趕車的態度，不現半點瑟縮畏寒的神氣。

走了一陣，沿途人煙漸漸稀少，道路便一步比一步難走起來。前兩天下過兩尺來深的雪，至今未曾見過半隙日光，毫末融化半點；再經過晚報極冷的朔風一颳，生生凍結成極光亮的冰塊，宛如晶磚鋪成道路一般。騾車從上面經過只壓得軋軋的響，有兩處應經過一個小山坡，口外人叫山坡做梁子，上梁下梁的時節這冰鋪的路尤極是光滑非常，幸虧風雪天趲路的牲口早已替牠釘上一種釘也似的釘蹄掌，一步步釘成小洞深陷在冰塊之中，才勉強不致滑跌。但這樣一步一鑽洞，一步一拔釘，牲口也就非常吃力，直累得那騾子一口口噓起煙雲一般的熱氣來，再由熱氣被寒風猛的一吹，登時又凍成冰柱兒，滿墜在籠頭之下。

這樣從早上八時走到十時僅走了十來里，還未曾打尖吃午飯咧。不料走到一處小山坡轉拐的地方，卻就出了非常的事故了。那時蘇仲子蜷伏在車篷裡打盹，大風吹得那皮幔兒時而膨脹，時而抽縮，發出一種激厲之聲，非常聒人耳鼓，使人難以入睡。誰知在這迷迷糊糊的當兒，猛的聽見路旁邊有一種小鐵器劈拍作響，明明是槍機子扳動的響聲。仲子向來在家是很愛練習射擊術的，熱河鄉下的人家因為防範土匪的緣故，差不多家家都備有長桿步槍和盒子砲。仲子的盒子砲並打得很有準頭。這趟出門，也備有常用的一桿放在坐褥下面。此時照這槍機的扳動聲測來，據經驗上想定是一桿盒子砲；接著又聽見一聲馬嘶，想必是那扳槍機的人的坐騎了。這種冷天，騎著馬，背著槍，在大道上出現，又扳機埋子彈，這又很容易判斷得出，定是遇了卡線的人兒了。

什麼叫著卡線呢？這是他們地方上一種切口。熱河道上近來鬍匪很多，凡是攔路搶劫行人的叫著卡線。線是比譬那大路，卡是居中攔著口子的意思。但同是卡線，也有兩種分別；那聚集多人的叫著卡大線；若是單人獨馬，僅僅憑著一個人一桿槍做這種翦徑買賣的，就叫卡單線。獨有這類人最難防備，最不可輕視，而且做了案後還最難找線索破案。因為他獨闖獨行，沒有大膽量大本事不敢幹這個；既沒有同黨，便又飄忽無常，很難知道他的下落。

仲子那時既聽出這個道兒來，正想一手揭車簾子向外窺探，一手向坐褥下取盒子砲防身，不料耳邊恍如打了一個大焦雷，早聽見一個人吆喝道：「車上的人快替我滾下來，遲一下老子就要開槍了。」同時又在車簾縫裡窺見路旁邊立著一匹大紅馬，馬上頭坐著一個魁梧高大的年輕漢子，手持一桿盒子砲，槍口上緊對著自己的車門。仲子暗想，這不是卡單線的嗎？看這小子這般精壯，一定不好對付。自己已然遲了一手，有槍掏不出來。好漢不吃眼前虧，還是知趣點不掏的為是，免得那廝先下毒手。況且後車上的左三是一個文人，也不見得能上前幫助，不如聽那廝的擺布，下了車再看動靜。

仲子一壁盤算著，一壁便跳下車來只笑嘻嘻地靠在車沿邊，細看左右的形勢，並不驚慌喊叫，也不拔足亂跑。因為仲子久走江湖，知道卡線的人的禁令，凡是亂跑亂叫或是走近他身的，定必先吃他一粒槍彈。但這時候左三的車也緊跟在後面停住了，仲子又怕左三沒經驗過這種事，便不等那廝開口，反而先幫他發出命令道：「左先生，你也快下車來罷！我們遇見朋友了。你不要慌，只老實著站在一邊，萬事有我，沒有說不開的。

那廝在馬上看見仲子這般從容不迫的樣子，也不免現出些驚訝的顏色，知道是遇了行家了。但仍是保持著他那尊嚴的態度，繼續發出命令來道：「將外褂子脫開，褲腰帶解開抖一抖，站遠些；身邊帶了多少錢，快說，別找麻煩。」說罷，從兩眼眶內放出一種凶惡的光焰，注視著這一干俘虜。那一支槍尤其是緊緊的將槍口對著他們，仲子這才如命將皮袍子的鈕扣兒全行解鬆，抖了幾抖，又脫下一根褲腰帶，丟在地下，用手持著褲腰；並囑咐左三和趕車的都照他那麼做，表示他們身邊絕不曾帶有暗器，也沒有抵抗那廝的能力。

那廝把心放下，便又厲聲問道：「那麼更爽快點，將你們的包袱和箱子，或身邊的皮夾子，全當我的面一一打開來，看有多少水，乖乖的送上，免老子親自動手。」這話中的水就指的是錢財，叫俘虜們自己翻箱倒篋，讓卡線的過目。這也是卡單線的最切要的做法，因為卡單線的只有一個人，要保住他的威勢，無論如何不能下馬，怕受了俘虜們的暗算。若是被截的人過多，還須先叫一個俘虜將其餘的同伴一一捆綁起來，只留一個人的手腳代他搜索財物呢。

仲子見那廝並未曾下綁人的命令，以為還好商量便陪著笑臉，朝那廝拱一拱手道：「不瞞朋友說，我們都是出門找事的人，並非商家，身邊哪裡有多的錢可帶，左不過是一點路費。雖說全拿出來交了朋友，並不打什麼緊，但路費就沒有著，還是請朋友留個面子罷。你不妨打聽看，我姓蘇的平日是不是一個愛交朋友的人。」不料那廝不聽這一套軟工，登時圓睜著雙眼怒罵起來道：「老子拿性命換錢，誰同誰交朋友？少說廢話，快把裝錢的所在打開來。」仲子無法，便只好把包袱和皮夾子等一一攤在地上打開，將裡面的錢都一一點數出給那廝看。偏偏那廝眼力還非常精細，凡是能藏錢的地方，都指明著要看。仲子為省事起見，索性叫同伴將所帶的完全掏出來，惟恐怕那廝指出那坐褥下的盒子砲來，反而不便。

那廝在馬上看了一會顯出些不耐煩的神氣，點了點那攤上的錢，尚不滿二百元，本來是不足一哂。但料想是別無夾帶，搜括不出什麼來了，便指著那左三喝道：「就是這一點錢也行，算我倒楣，遇見了你們這夥窮鬼，就叫你親自拾起送到我手邊。」卻沒曾敢勞動仲子呢，大概是見仲子為人機警，不比左三那麼老實，所以才不派仲子這個差事，不許仲子近他的身，以防仲子意外做什麼手腳。

那左三接受了這個使命，不敢不依，只索戰戰兢兢地捧著那一把錢鈔，向那廝馬邊送去。等到剛剛走近，那廝又把槍一指道：「遠一點，你這笨貨，你不會用一隻手伸高些遞給我嗎？」左三經這一喝，越發嚇得魂飛天外，可憐那一隻手只捧呈這一點很微薄的禮物，簡直像高舉千觔閘一般，不住簌簌的亂抖。那廝微笑了笑，將腰身一彎，便把那禮物一手收下，塞在口袋裡。但持槍的那隻手，仍是指著左三道：「我看你那件狼皮褥子還好，也送給我罷。」左三不敢道半個不字，只好又一手持住褲腰，一手舉起那皮褲子照樣再遞上去。那廝也仍是用沒拿槍的那一隻手接過，順勢將身子往腳蹬上一站，騰出馬鞍上一些空來，只輕輕一塞便又將皮褲子塞在座下。

仲子靜默了片晌，忽地又發話道：「朋友，我們是出門的人，你把路費全帶走了，前途叫我們怎生走法，況且還是這樣大風雪的天呢。」那廝倒很能領會這其中意思，便哈哈大笑道：「你真能老虎嘴裡討食吃。好的，給你點路費罷，免得你說我太不講交情。」說罷，從口袋裡抓出一把大小不一的銀幣，或許是嫌這些東西分量重，帶起來累贅，只刷的一聲往地下一灑，便又喝道：「咱走咧，誰敢追咱，留神咱的槍。」一言未了，只聽見那大紅馬高鳴了一聲，早已連人帶馬撥轉頭去，飛也似的跑出到東方百步以外；只有那一支槍，在那廝右手下向後指著，放出槍口上一閃一閃的光棱。那馬蹄聲的的得得，也和音樂上的拍子一樣，奏著那凱旋的歌曲；再眨一眨眼，便就什麼都去得無蹤無影。在這冰天雪地之中，連塵土都見不著咧。

仲子目瞪口呆，看著前面一言不發，及到眼睛已看不見那廝人馬，猛的將身上衣衫整束好，折回到自己騾車邊，掏出那桿盒子砲，就悶著頭向東飛步追去。那左三呢？也在這時候將地上那一把銀幣拾起，數了數，約莫有十元上下。正想取來交給仲子，忽見仲子拔足走了，便追上前攔住道：「兄弟，你幹嗎？」那仲子一壁掙扎，一壁喃喃自語道：「栽了觔斗了，離家門不過十門里，就被卡線的劫了一個光。算了罷，不要出門了。我還是找他算賬去，不怕他人強馬快，我不尋著他，誓不為人。我丟得起這個面子嗎？」左三勸道：「我知道你是不服這口氣的，但此事應作別論，也或許是那廝不知道你我弟兄平日的聲名，才有這個岔子。如今你要單憑兩條腿去追，有什麼用處。不如到前面通知地方上的人，慢慢的去訪尋罷。」仲子跺足道：「這種卡單線的，若不順他的蹤過去追，日後便連影子也捕不著。如今我知道他是向東走的，只要一路問去，總失不了他。請你不要攔阻我，將車輛暫押回家去，我自會尋得著這個小子。」

左三見仲子執意甚堅，非空言所能勸阻，但很不放心他一個人去，便吩咐趕車的先自回家，自己仍跟隨仲子上道。約莫走了兩個小時，已到晌午時分，雖肚中裝著好些個悶氣，並不覺得飢餓，但雪地路滑，非常難走。卻不由走得乏了。幸喜道上行人很少，騎快馬的簡直沒得，一路上總看得見那廝馬蹄上的印痕，深深嵌在那冰塊上，料想不至於失了他蹤跡。

正在這飢寒交迫腿疲腳痛的時候，迎面來了一人，尋常莊家人打扮，騎著一匹很瘦弱的白馬，緩緩的從東北踏雪而來。仲子一肚子沒好氣，把盒子砲一揚，大聲喝住道：「站著，滾下來有話說！」那人看見仲子這樣凶狠的情形，以為也遇著卡線的了，嚇得翻身下馬，站在路旁發抖道：「大爺饒命呀，我是因為家裡有病人，出門到前面鎮上抓藥去的，身邊除了買藥的錢，並沒有多的呀！」仲子又好氣又好笑，叱道：「誰要你的錢，你把我當做什麼人。老實告訴你，我們也是出門的人，剛才在前面小坡上遇了劫，你可曾看見一個騎大紅馬的人從此經過嗎？那才是卡線的呢！」那人一聽寬心大放，便很從容的答道：「不錯，曾見過這樣一個騎大紅馬的，向東北角跑去，迅速非常，大概已走過三十里路以外了。」

仲子道：「我正要追他，只可惜沒得坐騎，你把你那匹白馬借我一用罷。」那人見仲子並非劫盜，便就不大肯受商量，只搖手不依道：「不行，我家裡病人等著要吃藥，只有這匹馬我要騎，哪能借給你。以我之見，前面五六里遠的地方，紮有一棚警備隊，你們再走一程，到了那裡，報告給他們，一同騎馬去追，豈不是好？」

仲子想了想，究竟不能無端搶他人的坐騎，只索謝了那人，仍然與左三一跛一蹩的，向東北方去尋那警備隊。好容易尋到那裡，一個警官出見，彼此通了姓名，又把當天遇劫的情形訴說了一番。忽然那警官笑容可掬的問仲子道：「你既是在熱河住家，我那裡有個好友叫蘇伯剛，你認得嗎？」仲子忙道：「那就是家兄。」那警官喜得跳起來叫道：「如此說來，我們是自家人。令兄與我同過學，拜過把子，就如自己兄弟一般。你老弟既遇了這種事，我是理當幫忙。請暫在這裡飽餐一頓，我派八名馬警同你去追就是。」

少停，酒飯已飽，馬亦備齊。那警官率領八名馬警，偕同仲子上道。仲子將自己的盒子砲插在腰際一根湖縐帶上，選了一匹大青馬騎上，陡覺精神百倍。左三因為不善騎術，就獨留在後方警棚裡聽信。那時天色已經不早了，冬初的日子本來很短，這一行人向東北馳逐了一二小時，便已到薄暮的時候。大風雖然小小住了些，雪花兒又漸漸一片片飛了下來，急忙又走了一程，眼見前面陡的湧現出一座土城來。那警官揚鞭一指道：「這是古易州土城，只有橫穿著的東西兩道城門。我們沿途訪問，都說那騎大紅馬的賊徒是逕奔土城而去，他若在城中吃晚飯，我們就可以遇見他了。」眾警聞言都巴不得早飛入那土城中去，一來可以完卻這場差事，二來可以早些打尖休息，便一齊在馬上加快幾鞭。不到兩刻鐘，就進了土城的東門。

土城中一條大街約莫有兩里來長，鋪戶稀少，又加之冷天，一到晚上就關上了店門，並不見得鬧熱。這一行人在街上緩轡徐行，時時向路旁店家打聽，都說在一點鐘以前曾經見過這樣一匹大紅馬，但不知道他歇腳的所在。似這樣一直問到西門城外，便就沒有人看見過這大紅馬的蹤跡了。仲子道：「照此推測，那賊徒準是逗留在土城中了。我們還是退回城去，會同地方上的官警，往各客店裡去搜索罷。」那警官點頭稱善。一會兒，尋著了縣知事公署，說明了原委，就會同本地方幾個警兵，著手搜索起來。

從掌燈時分搜起，什麼大客店、大倡寮、大飯館，全搜遍了，卻不見半絲蹤影。看看搜到譙樓上已打二更，從東門踏到西門城邊，走得人疲馬乏，大家非常不願意，都說是：「白費事了，那廝準不在城中了。」忽然道旁有一老人向前問話道：「諸位官人打起燈籠火把，敢莫是搜捕賊徒麼？」仲子見那老人言中有意，便趕忙告明一切，並求他的指教。那老人沉吟半晌道：「這西城根往北半里路不遠的地方，靠城牆有一家小旅店，倒常常有這一路的人在那裡投宿，你們何不去看看？但別要說是我講的。」

仲子馬上欠身道謝，便率同同人挨著城根找去。果然走不了二百來步，便見有一家小客店。仲子等人下了馬一擁而進，剛進了大門來到前院，仲子眼快，早失聲叫道：「喏喏，這不是那匹大紅馬繫在那裡餵料嗎？」大眾一聽登時把槍全掏了出來，裝上子彈，一踏步便到了櫃房裡。一個形狀凶惡的掌櫃，現出很慌張的神氣，向前陪著很不自然的笑臉問道：「諸位大人到這幹啥？」那警官喝道：「我們要找那騎大紅馬的人。」掌櫃的不住的喘氣答道：「在第五號房裡，姓劉叫劉三棍兒。今天下午才到的，可是已出去洗澡去了。」

那警官倒是一個辦案的能手，隨即對部下傳出命令，將所有馬匹全牽到院子裡來，虛掩著大門，留兩個警兵把著大門不准閒人出入，免得驚跑了那廝。隨又命身邊的人先將掌櫃的綁起，督著向第五號房搜索去，但是撲了一個空，並不見那廝有半件行李。隨更嚴重的盤問那掌櫃的，才知他果真是那廝的窩家。每逢那廝一個人出去做活計，得了錢物回來總收藏在他櫃房裡。這時眾警兵聽說櫃房裡有錢物，忽然像發狂似的折回到櫃房，不由分說，各舉起槍托子向錢櫃上亂砸。不幾下，錢櫃砸開，發見了一個包袱和一床狼皮褥子。仲子喊道：「對了，這褥子是我朋友的。」再一看，洋錢鈔票一封一捲的，約莫有好幾千元的。眾警兵被錢財迷住了眼睛，動手就搶了向腰上塞，任誰也攔不住，幾乎連捉賊的事都忘了。

仲子看得不耐煩，又恐怕賊徒從這時闖回來，大家沒有防備，便單獨退出櫃房，向前院裡幫著守門的把風。幸喜那守門的並不知同伴在後面搶錢，不然連門都沒人守了咧。仲子嘆息了一陣，猛見一人推門進來，正是那廝。手裡提著一個小手巾包兒，並不是短槍，便大聲叫道：「就是他，大家快來拿賊。」那廝一進門，見門裡面人號馬嘶，本已知事不妙，但赤手空拳逃走不及，只好裝出很從容靜定的樣子問道：「什麼事？是我，我是賊嗎？別認錯人了，開玩笑。」說話之間兩隻賊眼不住的向左右偷看，猛的見門角落裡走出兩個警兵，全提著長槍向前擁來，那廝急中生智，一個箭步闖到左邊最貼近的一名警兵身邊，只飛去一腿，便早將那警兵一觔斗踢翻在地；接著彎下腰去就去搶奪那枝步槍。那知事不湊巧，槍上有根皮帶緊繞在那警兵的手腕上，急切中竟解不下來。他急得暴跳如雷，舉起那穿著皮桶馬靴的左腳，向那警兵的腦部踹去，只兩腳便踹得那警兵頭破血流，腦漿迸裂，活活地死在那地上。說時遲那時快，仲子也一箭步指到那廝跟前，對準他腿上放了三響盒子砲。他也就無力可施。倒也，倒也，倒也。

接著，那些搶得錢的警兵聞聲出視，趁勢將那跛腳老虎擒住。仲子在那廝手邊取過那手巾包打開一觀，卻是牙粉、肥皂等物，果真他是洗澡去的。那廝忽然發出恨聲來道：「罷了，活該我要送命了。我自從幹這個活計以來，一支盒子砲從未曾離過身，就憑我一槍一馬，哪一趟不撈個一萬八千到手。任憑對手方來多少人，只要我的槍先舉起，任誰我也不怕。就是今晚我若有槍在手，不是我吹的話，你們這幾個人真不夠我打的。偏偏我想去洗澡，因為澡堂子裡帶槍被人看見不便，才把槍藏在櫃房的櫃頂上，空手自去。萬不料就會因這一次的大意，就入了你們的圈套。」隨又對仲子拱拱手道：「你是好的，算我瞎了眼了，我就自承認栽在你手下罷。」

仲子聞說，趕忙退回櫃房，向櫃頂上一翻，找到那根盒子砲。扳開一看，果然是德國老牌子的貨。便對那警官道：「那廝真是個好漢，我們今天也真僥倖得很，不然不知要死多少人，還恐怕捉他不住呢。多承你們幫忙一場，錢我是不要了，你們分了罷。這枝槍我留去作紀念，我便已很滿足很慶幸了呢。至於那廝的前途，因為拒捕踹死警兵，恐怕免不了槍斃，我雖想成全他，無奈法律森嚴，我力量辦不到，只好嘆惜而已。但望諸位將來好好捐幾個錢收殮他，我也就領情不盡了。」

仲子這樣一邊說著，一邊走出大門，那被捕的劉三棍兒，聽了個很清楚。不由撐起那神氣洋溢的目光，向仲子臉上射來，同時仲子的視線也瞟到他眼邊去，便引起了無限的同情，訂就了一種生死知己之交。

一個槍斃的人

一條寬廣的馬路被紅日閃耀著，誰說不是一條光明大道？遠遠地一隊人馬逼近著走來，起初望著似一隊螞蟻，蠕蠕的向前展動。愈來愈近，過路的人全都可以看明白了。

「槍斃人！槍斃人！」被兩個粗心大膽的少年發現了，嚷著跑去告訴人。又有幾個好事的人，證實了這個消息，也附和著嚷：「槍斃人！槍斃人！快來看呀！」

這個奇異的聲浪傳開去，登時哄動了馬路兩旁的店戶人家，全搶著出來看熱鬧，連巷子裡面的人，也都擠到馬路上來看，老年的伯伯、叔叔發動了一種世道人心的感慨，搖搖頭說：「少管閒事罷，槍斃人有什麼好看？況且不過是道經此地，不見得就在這裡槍斃，合著古來『殺人於市』的老話。」然而他儘管說沒甚麼稀奇，並不曾禁遏住許多人好奇的觀念，而且自己也還逗留在屋檐底下，仍是想看個明白。

慈祥的婦女們，口口聲聲念著阿彌陀佛，被那很小的膽拘束著，卻真的不敢出來，只躲在屋子裡向窗縫中偷覷。

小小的孩童深藏在娘懷裡，聽見一片喧嚷，嚇得哭了。大一點頑皮的小倌，卻又和成年的人一樣，要端一個凳子立上去高高的看，心裡雖有些害怕，也顧不得許多了。

不一會，那隊人馬慢慢的走過來，於是大家很肅靜的看。

只見那八個騎馬的兵在前開道，接連又有一小排步兵夾在中間，步法很整齊的在那裡走步兵操典上的慢步。騎兵的短槍套在背上，步兵的步槍托在肩上，槍口上的刺刀映著日光，一閃一閃的又紅又亮，耀人眼目。這才又有八個拿手槍的弁目，簇擁著一輛板車，車輪子緩緩展動向前行來。看熱鬧的不約而同，都十分注意看那板車上的漢子。

那漢子用五花大綁綁著，端坐在板車之上。顫巍巍如一尊神像一般。兩隻有神威的神光，時時往左右兩旁射來。凡是被他眼光射著的人，都覺得有很不安寧的震恐，再也不敢多望他一眼。那立在人叢後面，沒擠上前看不清楚的人，不知道那漢子眼神的厲害，只顧一味瞎嚷：「這就是槍斃的人。」

板車輪子展動著過去了，車輪多轉一遭，那漢子的生命便漸漸短促下去，一直任這轉輪將那漢子轉到死鄉裡去。好比白日下的地球，慢慢轉到黑暗寂滅的睡鄉中去一般。

板車以後又有四匹馬，全坐著騎兵，還有一位軍官，也騎著馬夾在騎兵當中，戎裝佩劍，好不威武。這一行人，除了那應該槍斃的漢子以外，這軍官也算是主要人物中的第二位了。然而看熱鬧的人，並不覺得他有什麼好看，這一行人剛剛走過，旁觀者的討論開始了。

一個很像新聞記者的人向身旁一個人問道：「朋友，這漢子犯了什麼罪，要綁去槍斃？可惜法標上寫的一行罪狀，我未曾看清楚。」

那一個人答非所問，隨口應道：「怎麼如今的刑法，把殺頭改成槍斃了？」

又有一個哲學家似的，忽地插上來講話，「管他什麼罪狀咧，依我看來，肯去死的人，都是好人。人死了就沒有罪了。」

旁邊有個法律家不服，吆喝著道：「他明明是犯了法，才按著法律條文將他槍斃的。這犯法的人，哪裡會是好人！」

　哲學家又辯論道：「就算他犯了法，也多虧他肯去犯。若是沒有他去犯法，法律就顯不出威權和能力來。他殉法律而死，法律因他而存，他豈不是法律的功臣嗎？」

　又有一個很激烈的社會學者，聽明這篇哲理，又引申著道：「天地間功罪是很難分的，有罪即功，無功即罪。同是一樣糊塗的人，誰能十二分正確的辨識誰或功或罪出來？為什麼就胡亂牽附著法律，以人殺人呢？……殘忍！罪惡！」一邊說，一邊頓足。

　忽然前面發動一陣劇大的喧嘩，大概又出了什麼奇異的事了。馬路兩旁的人，登時如狂蜂一般，又飛也去看熱鬧。於是這場哲學和法理的辯論宣告終結。

　原來如此，這不是十字路口嗎？槍斃人是不揀選什麼黃道吉日的，偏偏今天的黃道吉日，要迎合前來。十字路口左翼方面，來了一起大出喪。

　社會上有錢有勢的人，避免不了一個死字。等著死神到來，只好服服貼貼安眠在一具棺材裡，由那些孝子賢孫辦一套很豐盛的出喪儀仗，送他到山上去。那儀仗隊的前鋒，剛從十字路口的左翼轉到大道上去。幾支白幡被風吹得招展飛舞，更也有一隊步兵騎兵，受了金錢的支配，各人手臂上挽著黑紗，夾在儀仗隊裡送死。

　這一來，大出喪送死的軍隊，和押解犯人綁赴刑場槍斃的軍隊，湊合在一處了。囚車還沒搶上前去，闊人的棺材卻已擡到路口。押犯人的兵吆喝著道：「等一等，讓我們先過去！」那大出喪的兵卻笑嘻嘻地回答道：「我們幹的也是公事咧。」

在這個讓誰先走的問題未曾解決以前，兩邊的儀仗，全夾雜在一處了。軍人一個個在那裡發喊，軍馬一匹匹在那裡狂嘶。伴靈的和尚們、道士們笙簫鼓樂，一迭迭照舊吹打。看熱鬧的人也越發高興了。

那綁在囚車上快要槍斃的人，此時趁著這個機會，忽然拉拉雜雜的演說起來：

「朋友們呀！那一邊是一個已死的人，睡在棺材裡；這一邊是一個將死的人，坐在囚車上。我們所同的，是一個很平等的死。

那已死的朋友，有這許多儀仗隊送他的死，可惜他藏在棺材深處，看不見他死後的光榮了。我這將死而未死的人，也有這一群人來送我去死，這可算得是我的大出喪。然而我卻能親眼看見這場熱鬧，我比他還滿足呢。

況且我這場光榮，這場熱鬧，這場大出喪，自有這許多不相識的孝子賢孫來辦差，破費不了我親生骨肉半文錢。我比較著他還得著大大便宜咧！

諸君睜開眼來瞧，那廂許多輓聯奠幛，寫的是死者虛偽的形狀；在下不才，卻有一張真實的罪狀在此，這價值還比他重大咧。

那棺材後面，假裝著啼哭的，不是他的孝子嗎？那個縮頭縮腦的樣兒，太寒酸了。你們看我囚車後面騎著馬的監刑官，何等氣概，那才是我的好孝子咧。

咳！他們的儀仗沒有半點鄭重的樣子，真太像兒戲了；送我的出喪大隊，卻森嚴得很咧！」

那漢子一面說，聽的人圍著水泄不通。拍掌的拍掌，喝采的喝采。

老年的人說：「這個事稀奇得緊，我活了這麼多年，只看見過醉醺醺的殺頭犯人，在囚車上唱《斬單雄信》，卻沒有聽見犯人在露天下公開演講。」

哲學家點頭讚嘆。社會學家幫助發喊。新聞記者用速記法把演講詞抄在日記本上。並同聲的推許道：「至理名言！」

法律家嘆口氣道：「法律到此快不成問題了。」

小孩子不懂事，搶到監刑官馬前，呼他做孝子。監刑官惱了，惡狠狠看了犯人　眼。然而人死以外無大罪，一時竟奈何他不得，只好揮起馬鞭子來驅逐閒人，因為他們不肯死，就應該受欺負。

忽然又發一陣喊，十字路口右翼地方，又來到了一群人，卻是舊式婚禮上送親的。前頭有兩柄紅傘，中間幾個奏樂的人穿著紅衣，後面一乘紅花轎，把一個新嫁娘緊緊鎖在裡面。一時也夾在十字大道路中，通不過這條路，於是馬路上的熱鬧又加上了一倍。

那快要槍斃的漢子左顧右盼，又有得說的了，於是那場露天公共講演，又繼續起來。

「噢！那廂不是新嫁娘出閣嗎？她不是快要槍斃的死因，為何把她深鎖在不通空氣的花轎內，難道怕她脫逃了麼？

她被父母之命，媒妁之言，送給一個陌生不相識的人，供人家的蹂躪她的自由何在？不自由，毋寧死！這不是明明送她去死嗎？他們這夥軍人送我去死，卻還容我在青天白日之下，有言論的自由；可憐她是一個弱女子，只知道躲在花轎裡嚶嚶啜泣，靜候著往死路上去，不敢發出半點人類求救的呼聲。她所受的殘忍和損害，豈不比我還較為嚴酷嗎？

可憐的女子，我是視死如歸，你還求生不得咧！

紅——紅——紅，那花轎上紅的色彩，不就是人類中女子們，被舊式專制婚姻制度所斬割出來的鮮血嗎？」

完了，這第二次的演講，又終結了。新聞記者日記本上，又添了不少的材料；哲學和社會學家，越發動了感嘆的同情心，躲在一旁嘆氣；只有老年人不贊成，說這殺頭的胚太胡說了；法律家也在一旁恨秩序太亂。遠遠地立著兩個女子，聽清了一句半句，似乎有些明白，卻不敢當眾討論。小孩子不喜歡聽這個，仍舊去調侃那做孝子的監刑官。

監刑官看鬧得太不成樣子了，吩咐八個馬弁好好看守著犯人，自己一馬上前，禁止往左翼送殯，右翼送嫁的兩群人，都不許走動，讓他們槍斃犯人的囚車先上前去。好容易布置舒齊，早已忙得渾身是汗。

於是人馬漸漸的又移動了，槍斃犯人的囚車，在前面走；送殯出喪的，降作了第二隊；送親出嫁，委屈著殿了後了。於是一個將死的人，一個已死的人，一個半死半活的人，都被各人的孝子賢孫、親族朋友，儀仗隊伍強行簇擁了去，誰也沒有抗拒的法子。

白茫茫的大道，黑漆漆的前途，這幾群人走得慢慢地連影蹤都不見了。世間很平等的事，依然還是寂滅。人心中的笑緒悲端，原也糅雜在一起。什麼叫做熱鬧？左不過大家胡亂擺布罷了。熱鬧過去，剩下許多新聞記者、社會學家、哲學家、法律家、老年人、小孩子、婦女們、好事的人種種色色，一窩蜂似的紛紛散了開去。各忙各的名利功罪，又何嘗有什麼了不得的生氣咧！

權威

「大帥起床了！」

這個消息，由一個跑上房的馬弁傳出，那時候已下午一點半鐘了。

「大帥今天起床比往天都早。」

一個衙門裡身佩盒子砲的馬弁以及手持長竿子槍沿門站崗的衛兵們，全都在那裡悄悄議論著。值日的副官也趕忙將軍刀佩在腰際，跑在大帥簽押房旁邊伺候著，預備大帥有何呼喚。

霎時節，大帥在七姨太太屋裡鑽了出來，七姨太太雲鬢不整，亂髮蓬鬆，披著　件女短襖，將大帥送到房門邊，嬌聲說道：「煙抽足了嗎，點心吃夠了嗎？今兒晚上可再到這裡來。」大帥回頭笑了笑，一言不答，早已一腳踏到門簾外邊。等門口兩個馬弁一行舉手的軍禮時，早已見整個兒的大帥身體全走出來了。七姨太用手掀起門簾，仍然站在門邊注目相送。但那兩個馬弁早已退在大帥身後，擁護著大帥走遠了。好像房門以內的大帥，歸七姨太太照料；房門以外，便由七姨太將責任移轉給那兩個馬弁。交代已完，七姨太也只索慢騰騰地退轉屋裡去。

那值日副官很有經驗，果然大帥一出來就來到這簽押房。值日副官跟著大帥進去，兩個馬弁在房門口停下，與原有的兩個衛兵恰好站成兩對。

大帥進了簽押房，像走熟路似的，直到一張鋪著虎皮褥子的大靠椅中坐下。從容不迫從身畔掏出一個金煙盒來，打開了取出一支紙煙往唇邊一塞，值日副官便趕忙劃一支火柴替大帥把紙煙點上。大帥一邊吸紙煙，一邊用左手撐著下頦，兩眼骨碌骨碌的朝天亂翻，似乎思索些什麼。一時從靜穆中便顯出多少的威嚴來。

一支紙煙吸完後，大帥拿煙屁股往痰盂裡一丟，視線本注在痰盂上的，忽然說起話來道：「請軍法科長！」

「喳！」值日副官鞠一個躬應著，便跑到門外，命馬弁去請。不一會，軍法科長到。走至大帥跟前，畢恭畢敬，也鞠了一個躬。隨即垂手站著，靜聽大帥的吩咐。大帥略為點了點頭，便偏著腦袋問道：「我要你訊問小獃子的事，怎麼樣啦？」

軍法科長細聲答道：「科長昨晚有詳細報告呈上來，大帥看過嗎？」

大帥眉頭一皺，大聲道：「誰耐煩看那一大篇的報告，你說吧！」

軍法科長嚇了一跳，便趕忙期期艾艾的答道：「科長奉大帥命審訊烏拉山匪首小獃子，據他供道：姓董名振聲，別號九省，在烏拉山拉了一竿子匪，約莫兩三千人。烏拉鎮鄰近一帶的縣分，被他攻破過好十幾個城池，他都從實招認了。……」

性急的大帥攔腰把話截住道：「得啦，這些事我都知道。我所問的是他肯降不肯降。你問過嗎？」說完，便吸起第二支紙煙來。

軍法科長急急答道：「問過的。他說，要與大帥當面談。我看他一定是非常仰慕大帥。」

大帥用手燃了燃唇邊的短髭，哈哈大笑道：「好……他真大膽，居然敢見我！我就親自訊他一堂罷。我是愛才，想收他為我用，不然，早將他殺了」

軍法科長道：「這個案情很重大，大帥親自訊問一次很好，但不知什麼時候訊。」

大帥道：「你就馬上將他押到這裡來罷。」

軍法科長道：「那麼科長就親去押解犯人，但這犯人凶惡得很，大帥這邊總得多派些衛兵站班，好教他看了害怕。」大帥點了點頭，軍法科長退下。

大帥隨又對值日副官說道：「你去給副官長說，派一連衛兵從軍法處站到簽押房，沿路均站雙崗；又派十名副官二十名馬弁在簽押房裡站班；另叫文書處派二名書記來錄供。所有官兵人等都得全副武裝，把子彈裝在槍膛裡，不可有半點疏忽。」

值日副官去後，大帥把身邊藏的兩管手槍也掏了出來收拾收拾，及一眼看見手槍把上所繫的一支湖色絲線穗子是七姨太親手織的，又不免微笑了笑。一會兒，子彈也裝好了，隨塞在裡衣腰上一處很順手的地方。

又一會，門外邊起了一陣鐵器接觸聲和腳步聲，衛兵已布置好了。十名副官二十名馬弁佩著盒子砲。兩名書記拿著筆墨紙張，也一個個跛了進來。副官長對大帥行了一個軍禮報告道：「全照大帥的吩咐布置好了。」

大帥道：「那麼叫軍法科長把小獃子立刻押上來罷！」副官長剛走出去，大帥隨又對左右說道：「你們小心些。」大眾便不約而同的齊答了一聲「喳！」

言猶未了，軍法科長和副官長已喘吁吁闖了進來，發了一個喊道：「匪首小獃子帶到！」只見門簾開處，有十來個衛兵擁著一名犯人進來。

那小獃子矮矮的身材，黑黑的面龐，瘦削的體格，憔悴的形容，一步一跛的走了來。實在不像一個猛獸似的匪首，況且手上和腳上還帶著很重的鐵鐐咧。一個失去自由而又渾身加著桎梏的人，被這一大群武士監押著，又哪裡會有絲毫的抵抗力？但這一群武士為著要獻媚於大帥一人，不能不一陣陣發喊助威，以顯大帥的聲勢。然而被那小獃子看得好笑起來了。一邊走，一邊笑嘻嘻說道：「不想你們大帥做了幾年的官，便把從前在綠林中的勇氣，全消磨盡了。今天竟怯懦著怕起一個犯人來。我又沒有三頭六臂和什麼妖法，鎖住了還能把你們大帥怎麼樣？犯不著如此裝腔作勢，吵聾我的耳朵呀！」

軍法科長恐怕這句話傳到大帥耳裡，趕忙舉起手槍，指著小獃子喝道：「不准你多胡說。大帥在這裡，還不快跪下！」小獃子就勢往地下一倒，忙又盤膝坐著，仍是冷笑不止道：「你們許多人拿著槍欺負一個囚犯，這就算本事嗎？這就真能嚇得我住嗎？老實給你們說，我十多年沒曾對人下過跪了，你們大帥算什麼東西！配嗎？」

小獃子越說越不好聽，軍法科長越聽越發急。正在無可奈何之時，那高坐在上的大帥忽然也開口了：「科長，不要難為他，替他鬆了刑具。我有話慢慢問他，不要使他笑我膽小。」

小獃子心裡一驚，不由遠遠地望了大帥一眼，覺得這廝到底是做過強盜的。正思量間，衛兵早已將刑具卸下，並擁他來到大帥座前不大遠的地方坐著。

大帥仔細把小獃子看了幾看，隨即發出很溫和的聲音問道：「你就是小獃子嗎？」

小獃子慨然答道：「不錯，我拉竿的旗號，叫小獃子。其實我名字叫董振聲。」

大帥道：「抬起頭來，你認得我嗎？」

小獃子現出很不屑的神氣，歪著頭答道：「認得，大帥。」

隨又改口道：「老弟，你當初是幹什麼的？我又是做什麼的？豈有認不得你的道理，你官做得很好呀？」

大帥微笑，又問道：「或者我也曾看見過你，你今年多大啦？」

小獃子伸出五個手指道：「五十一歲了。」

大帥道：「你做匪做了幾年啦？」

小獃子道：「三十年了。」

大帥道：「烏拉山一帶的事，是你幹的嗎？」

小獃子很得意，神采飛揚著答道：「不是我是誰？」

大帥笑道：「怎麼會被我拿住了咧？」

小獃子也笑道：「這算什麼？兵家勝敗古之常事。況且我只有兩三千弟兄咧。你發兩三省七八萬的兵圍著我打，又弄一個間諜來詐降我，用詭計將我哄騙著，這才被你們騎兵旅蘇旅長所拿，並不見得你有什麼真本領能制服得我住咧。老弟，……哦哦，……大帥，對不住得很，為我的事，叫你太受累了。如今恭喜你，大概可以睡舒服覺了罷？」

大帥沉吟了一會，又說道：「你如今既被我擒住，總得聽我的話才好。」

小獃子朝上瞪了一眼道：「那麼，你說。」

大帥大聲道：「依我勸，降了我，給你官做。我念著大家都是綠林出身的分子上，不忍殺你，你要懂得好歹。」

小獃子狂笑道：「什麼？做官呀！做官同做匪，不是一樣嗎？得了罷，我的名譽要緊。」

大帥驚訝道：「你有什麼名譽？給官你做，不就是體面嗎？你看我，如今做了大官，何等不好？」

小獃子大聲道：「做匪的人，做到底，不發官迷，不投降，那就是好漢子。那就是大名譽，誰肯像你三翻四覆。……」

大帥不待小獃子說完，急急喝道：「你不降，難道不怕死嗎？」

小獃子用手摩摩腦袋道：「我做了三十年的匪，害人不少，早就該死啦！又怕些什麼咧？天下只有做官的人怕死，我是絕不怕的。」

大帥想了想，很無聊的再問一句道：「你不悔嗎？」

小獃子嫌嚕囌，很堅決的嚷道：「一千個不悔，一萬個不悔！」

這樣頂撞下來，大帥不覺怒氣重重，憤不可遏。大概自從做大帥以來，沒有人敢這樣當面反抗他和譏笑他。一時候哪裡忍得住，不由發起蠻來，拍著桌子嚷道：「你不怕我，偏要你怕！你不降我，偏要你降！我有權威！你不知道嗎？像你這麼一個死囚，孤單單的在我權威之下，你真能抵抗我嗎？」

小獃子在地下坐得穩穩當當的，卻從容答道：「你的權威，至多不過能殺人，或是把官來愚弄人。我不怕死，便不懼你殺；我生性不愛做官，便不受你的騙。看起來你的權威只能愚弄你手下那群不長進奴顏婢膝歡喜做官的人，或是去恐嚇那些怕死的人，卻單單奈何我不了。我雖然是個強盜，是個死囚，然而我也有我的權威。不能屈服在你下面，要殺快殺，少說廢話罷！你大哥沒有工夫與你老弟多說了。」說罷，臉上雖帶著微笑，但氣概很是軒昂，好像真有些權威模樣。

大帥怔了幾怔，忽又問道：「你說你也有權威，究竟你的權威是什麼？我倒要聽個明白。」

小獃子笑道：「說出來你也不懂。孔夫子說：三軍可奪帥，匹夫不可奪志。富貴不能淫，貧賤不能移，威武不能屈。你雖能殺我的頭，不能奪我的志，我這堅忍不二的操守，便是我的權威！你能怎麼樣？你又能有什麼好法子屈服我？至於戰場之上，你刀我槍，誰勝誰負，那是人人可以做得到的事。你仗著你官大兵多，便以為權威無上，我問問你，你這種權威能夠像我這樣到死沒有變動嗎？」

這一席話，說得這大帥啞口無言。大眾以為他必然老羞成怒，將小獃子立刻處死。但他卻垂頭喪氣，思索了許久，才答訕著道：「你想死，我偏不讓你速死。這也是我的權威。」

隨又吩咐軍法科長道：「定他一個永遠監禁的罪，並好生款待他。押下去罷！」

可憐的大帥，他到此才知道他的權威實不及一個被擒的強盜，想起來這是何等的悲哀啊！一連悶了幾天，害得七姨太和一干副官馬弁們提心吊膽，莫名其妙。那獄中的小獃子，天天喝酒，卻正自高興非凡咧！

面孔的改造

上海灘上有一種很值錢的物事，就是人的面孔，不管男的也好，女的也好，只要面孔出色，到處受人歡迎。那些做闊姨太太和紅倌人的哪一個不是靠面孔好才得賺錢吃飯，享盡人間的幸福，出足上海的鋒頭，若是一個男子，越發要面孔撐場，才得在堂子裡招人青眼，討些便宜。倘若搭上幾個闊姨太太、闊小姐或闊倌人，真是不要本錢的買賣，一生吃用不盡。萬一循規蹈矩，不肯做那種生涯，憑著一張惹人歡喜的臉子，在社會上施展些交際手段，面目既不可憎，語言自然有味，也就得些人緣，不愁沒有飯吃。所以這面孔問題在上海灘上，很有些重大的價值和無形的潛勢力。凡是想在上海安身立命的男男女女，都得在面孔上費一番考究的工夫。但是造物生人，媸妍不一，轉輪王那裡也沒有許多好面孔的模型分給這般男女。於是化妝品的商品應運而生，製造出許多雪花膏、美容水，往一般男女面孔上直塗。想要人力勝天，謀面孔上重大的改造。只可惜那些化妝品心有餘而力不足，名雖在而實不存。許多面孔不好的人，拚命般花錢買來搽，也沒有何等優美的效驗，不過讓那般開化妝品商店的資本家多賺幾個冤錢罷了。

但是世界上的事，利之所在人爭趨之，況且科學萬能不可限量。死了的人還可望醫活，難道面孔不好的人，就不能用科學的方法來改良嗎？果然不到許久，就有一位大科學家醫藥學博士發明了一種方術，專能替人人造面孔，無論你是多麼醜的臉，只要他聊施小技，便出脫得如天仙一般。

這位醫藥學博士既有這樣天大的本事，於是大整旗鼓出來應上海一干男男女女的需求，就起手在南京路衝要的地方開設了一所面孔醫院。登了幾家報館的廣告，說他包管改良面孔，彌補人生重大的缺憾，使天下面孔不好的人，都變成美男美女，享受上海無窮的幸福。這廣告一登出來，就有一兩位好奇的人因為平日受這面孔不好的累，早已疾首痛心，如今趁此千載一時的機會，就揣著隆重的醫金，親自上門來求他改造。該應這位醫藥學博士和那幾位面孔不好的人運轉時來，仰仗著科學的權威，醫藥的神祕，果然一試就靈。那幾位改造後照著鏡子，幾乎自己不認得自己，真個是美不勝收，出人頭地，直喜得手舞足蹈，好像拾著了第二條生命一樣。

從此一傳十，十傳百，上海多少年不能解決的面孔問題，發生一種重大的變化。一般男男女女，恍惚似發狂的一般，紛紛揣著雪白的洋錢，成紮的鈔票，跑到面孔醫院爭前搶後的來求這位醫藥學博士改造面孔。這位醫藥學博士知道他的財運已到，奇貨可居，便大加其價，每改造一副面孔，總得一千餘元的醫費藥費和住院費。但是效驗很好，凡是面孔被他改造過的人，只要出了醫院的大門，就有許多新聞記者攜著照相機來拍他的小照；第二天用銅板刊在報上，風度翩翩煞是好看。又有許多改造不及的男男女女，也成天成夜的跟著他釘梢，滿含著羨慕和愛戀的意思。你若是個男的，就有許多闊小姐、闊姨太太和闊倌人拿出盈千累萬的倒貼經費，搶著要嫁給他，或是與他租小房子結相好。你若是個女的，越發有那些富商大賈、王孫公子想出一筆重大的禮金，把你娶了回去寵以專房。所以這般得風氣之先的男男女女，花了一千多元的面孔改造費，到頭莫不利市十倍，到處吃香。這真是一本萬利的生意，最穩當最容易發財的投機事業。他們飲水思源，都把那位醫藥學博士當做救世的教主，活命的恩人。口口聲聲感恩頌德，沒齒不忘。於是那位醫藥學博士的名氣，一天大似一天，幾乎婦孺皆知，全球震動。那件改造面孔的勾當，也成了人生的大事，和衣食住一樣的重要。無論什麼人，都要請他醫醫，自居時髦。閱者倘若不信，你姑且把上海早年鑲金牙子那件事情想想。當那鑲金牙子流行最盛的時候，好生生一個人，也平白將門牙敲掉一個，花上八隻大洋，換上一隻金牙。何況這改造面孔，化媸為妍，說不盡的好處，那麼自然風動一時。面孔稍微將就得去的人，也得去學學時髦，加工改造了。

這位醫藥學博士體上帝慈善之心，救濟了許多幸福殘缺面孔不好的人，名利雙收，好不得意。只可恨上海的男男女女太多，冤枉錢也著實不少，拚了命想盡了主意擠出些錢來請求改面孔的一天多似一天。這位醫藥學博士忙不過來，又趕忙教出一般速成的徒弟，設了許多的分醫院，大減其價。說什麼機會均等，謀上海人面孔普遍的改造，後來他的生平願了，大功告成，上海的男男女女幾乎沒有一個不經過他的面孔改造。這般人只要一提起面孔二字，便如理髮整容的一般，隨時可以去改，隨時可以去造，隨時可以去修理。雖沒有從前那樣稀奇，但是大家看了都不討厭，橫豎大家都是改造過的面孔，板板六十四，沒有十分頂好的，卻也沒有十分壞的。這就好像黃浦公園內無意識的青草一般，萬根一色，千篇一律，差不多一個樣兒。從此男女間的結合，愛情還是愛情，金錢還是金錢，那面孔上倒沒有多大的問題了。

那個為改造面孔的醫藥學博士，並不能造出無數特別面孔的模型。凡是來面求改造的，只能仗著藥力，把他皮色弄清白些，眉目弄秀麗些，改來造去，只有八種的區別。一種是瘦面孔，一種是胖面孔，一種是大面孔，一種是小面孔，一種是長面孔，一種是短面孔，一種是圓面孔，一種是尖面孔。你想上海那麼多人，面孔卻只有八個樣子，面孔同樣的人，著實不少。父母、兄弟、夫婦之間每每都很難辨識，常常把人認錯，引為笑談。又因照出來的相，大家也都差不多，有些人也就不歡喜照相；倘若有時要需用相片，隨便在照相館買一張面孔同樣的，一定可以在那八大部落中揀得出來。直害得那般開照相館的人，絲毫沒得生意。偶爾晒出八張臉譜，每種洗出幾十張，就夠供給一般買自己小照的主顧了。最難解決的就是巡捕房那些盜案竊案，每每拿著一個強盜和竊賊，竟和平常的人一樣，分辨不出面目來。要想照個相貼在火車站或電車上教人預防，那是萬萬辦不到的。又有一種拐款潛逃的人，或是殺人欠債躲了不見面的，也沒法去拿。有時拿錯了，被冤枉的費下無窮口舌，找來許多證人，也分辨不出個道理來。直弄得社會紛亂，詭詐百出。原來這時上海的男男女女，都是些經過改造的假面孔，沒有一個廬山真面了。

在這面孔紛亂的時代，上海忽然產生了一個明星，乃是某富豪家裡的一個千金小姐。她天生成的玉貌自與凡人不同，用不著去改造。而那一般改造過的面孔，都萬萬及不了她，她看見了上海許多的假面，也著實討厭。雖說有許多裝著假面的臭男子紛紛來向她求婚，她看了似一邱之貉，發下一個誓，一個都不肯嫁給他。這樣一來，倒又鬨動了全上海。大家都要見識見識這位真面孔的天女，於是照相館又大開其張了。所售的除那些刻板文章八種不值錢的臉譜以外，都紛紛曬印這位天女的玉容。大家買了去一看，果然出群拔萃，與眾不同，畢竟天生的美貌，與人造的板板六十四不同。大概是蒼蒼者天看厭了這八套凡人臉譜，特造出這個天女的天顏來，請大家看看天的本能，並領略人生的真處。於是這一千男女相顧失色，都恨那位醫藥學博士，把他們改造成這般凡庸的模樣。但是那位天女摽梅待字，尋遍了上海，也找不出一副真面孔的人來，去做她的乘龍夫壻。後來好容易遇著一個鄉下的少年農夫，生平沒到過上海，未曾同化於上海八種臉譜之內。這天搖搖擺擺戴著他天賜的頭顱，張著他風吹雨打、日曬月照的勞工面目，從頭到尾，很有些黃種男兒的風度，大踏步向上海走來。老遠被人看見，就有人嚷著，今天天上掉下一個真面目的人來了。登時大家水泄不通的把他圍住，品頭量腳，鬧個不休。也有說他是神的，也有說他是仙人的。急得那位農夫大聲分辯，說他是一個真正道地的人。怎麼你們上海的人連人都不認得，這真是少所見而多所怪了。這話傳到天女耳邊去，就急忙出來觀看。她一眼見了這位真面目的少年農夫，就高興得了不得，口裡大聲的喊著說，我今天才看見世界上有人。一面又暗暗地祝謝上帝，居然在世界上還留一個真面目的人給她作伙伴。她登時就稟知父母，宣告有心打破貧富階級，在這青天白日之下與這世界上獨一無二的人，他們叫做農夫，並且帶著天賦的真面孔的人，舉行結婚大禮。引得那般假面孔的上海佬，都來看這一對真正道地的人，和一雙天生成的男女面孔。由妒忌而羨慕，由羨慕而慚愧，恨他們不該有那一副鬼臉。於是結了一支大隊人馬，紛紛向面孔醫院去找那位醫藥學博士，要求還他們的本來面目。嚇得那位醫藥學博士無處躲藏，尋了自盡，便宣布科學的破產和死滅。

一個獵豔者的精密思想

不怕諸位笑話；我還是個出過洋留過學畢過業鍍過金的美國理學士呢！自從前兩年回國以後，我那一肚皮的物理學和生物學的大學問，竟沒處可以施展。沒奈何將就將就點吧！我於是削尖了腦袋往政界上鑽，居然現在我也做著某某公署的小科長了。

在中國做官，真是一件奇蹟。雖說從前所學的都完全用不著，然而我的本領竟越發加大，似乎已是無所不能。還有最神妙的，我每星期總得在京滬鐵路上來回跑上一兩次，很暇逸的坐在頭二等火車中，度那旅行的生活；而我的官守，我的職司，便就是這樣對付下來，已算盡責，幾乎連我自己都摸不清我這是辦的什麼公事？

這一天！我又在火車旅行中盡我服官的職責。車是向上海開行的，二等車人太擁擠，我多出點代價，坐到頭等包房裡去。過了無錫，包房裡兩位萍水相逢的客人，全下去了；撇下我一個人獨占著這所空闊的包房，再也沒有人和我談天說地，登時就不由感覺著非常的寂寞，幸而還好，在對面座墊上，我發見了一束被遺棄的報紙，很無聊地順手抓過來一看，卻是一份北方著名的某日報。

我向來是不愛看報的，我只知道在鐵路上來回跑著做我的官，什麼國家大事，全與我沒相干；何況這還是遠處的陳報，所載的時事要聞，又盡是些隔夜的冷飯，當然我越發不愛看。翻了幾翻，翻到那張報屁股，看見了些小品文字和小說的題目；若照我平日的習慣，我自知我並沒有熱烈的情感，對於欣賞文學這件事，也是一向無緣，就單看這些報屁股上的雜作，也未必能引起我多大的興趣。

無奈眼前實在無事可做，想晝寢只怕不容易睡得著，老枯坐著又禁不住孤獨無聊的煩悶，再加之路程還那麼遙遠，真沒有法子！就勉強捺著性兒，看這張報屁股，權當是消遣罷。

大半個身體，緊貼在座位裡的皮靠墊上蜷縮著，兩隻手就高高擎起那張所要看著消遣的報，什麼都還沒看見，心裡就先希冀著它能迅速發生引起睡魔的作用。及懶鍚鍚地定睛一瞧，所首與我眼簾接觸的，乃是一篇短篇小說，題目上印著「W女士自述」幾個三號字。

我約略一想：倒還不錯，這一定是摩登女性的新作品呢。我這個人，生平對任何事情都不大愛起勁，單只喜歡注意富有摩登性的女子；近來雖又添上一項，愛做官，但做官也只為在摩登女性面前誇耀，使她們為醉心虛榮而更易於接受我的誘惑。這篇小說，既出於時下女性的手筆，所寫的大概總是些男女戀愛的時代劇；這倒很合我的胃口，或者也尚有可看的價值。

不料我一口氣看完了後，忽然會大大驚異起來。但我這驚異，並非是看出她文筆特別的好，意義如何的深，我早已聲明過，我是不懂文學的啊。只是她文中所描寫的那段故事，與我從前在美國留學時一段戀愛史的經過太相像了；還有，她所寫的那個男主角，僅用一個英文字母上的C字來代替姓名，而我現在官銜名片反面上所印的英文，頂頭的那個字母，恰也就是那個C字，越看越像是影射我呢。不過所謂W女士的那個W，確與我那段戀愛史上對手方那個女子的尊姓，在英文拼譯上尚發生不了關係，或者她是更姓改名，深自隱諱吧？

奇怪！我所經過的這一點點小事，她竟會用小說上自白的體裁，記載出來，送到報紙上登載；偏偏又格外湊巧，使我這向來不看報的人在火車旅行中，無意間會撿著這份舊報，看到眼裡，這使我那能不驚異呢。

不過我所驚異的，仍只限於上面所述的那一點。至於那段小說故事，我始終還認為稀鬆平常，無什可怪。諸位若不見信，我也可約略先說上；W女士所述的故事是這樣的：幾年前，她也在美國留學，與一個同學而又同鄉的C——大概也就是我——結交成很親密的朋友。後來在一個夏夜裡，兩個人同遊公園。C請她喝了許多酒，將她灌醉，又騙她到一處僻靜的樹林裡，就糊裡糊塗失去了她的貞操。臨出園時，她忽然醒悟了，向C吵鬧了一頓，趕緊又搬了一次家，躲避C再來糾纏。詎料不幸得很，就在那匆匆一度中，使她懷了個身孕，沒奈何再寫信給C，問他如何處置這未來的孩子，但C終於一封信都不答覆，卻另承一位美國女房東善意的幫助，將她祕密送入醫院，產生了個男小孩。再過了幾月，突又接得家電，說她父親病危，催她棄學歸國。她忍痛將那私生子寄存在孤兒院，回到家裡，父親卻好好的並沒有病，只怒氣沖沖的交一封匿名信給她看，信上揭發了她在美國生私孩子的陰私，細看字迹，並確似C的手筆。不管她怎樣辯白，她父親是不再准她重赴美國了。她也從此飲恨終身，守著獨身主義，輾轉來到某醫院當女看護。而發表了這篇幼稚的文章。

諸位有新思想的人們——不摩登的除外——不妨勞動你們最敏捷的智慧替我公平判斷一下。像這種時代的悲劇摩登男女間的戀愛，何時無之？何地無之？也越發是在那新大陸的文明國度內，越發翻陳出新，層出不窮，多得和家常便飯一樣，這有什麼可奇怪的？值得寫成小說，登在報上。即僅指著小說講，這段故事的情節，也甚是單調，並沒有奇巧的結構，可供欣賞。

卻不料那位少見多怪的報館大主筆，還登了這篇寶貝文章不算，還又在小說後面，浪費筆墨，大吹大擂，寫出一段極可笑的批評，而發出一些極無謂的疑問。這真教我不看還可，一看就幾乎把牙齒笑掉，比那篇寶貝小說還大糟特糟呢。

諸位牙齒有生得堅牢的，也不妨聽我將這個腐臭的批評介紹介紹。他說：「W女士所記，使平凡的人——善惡智愚都沒有奇突的漲落者——讀了，難免意外的詫異。大凡男女間的關係，不見得都純潔，結果不見得都圓滿。或因情感的衝激，或為環境所支配，而發生種種不幸，亦每每有之。但如C之於W則不然，他好像對於她有一種仇怨，故不但蹂躪她，犧牲她，且必致她於死地而後快！然就本事始末看來，漫說無有冤仇，縱有冤仇，受過那一番愛河的洗禮以後，還不能『血海冤仇一筆勾』嗎？所以照平凡的理解是說不透的，只是從『俱分進化』善亦進化惡亦進化的理論，和確有成績的現代文明上觀察，又覺得大有可能，外國有手刃四十情人的『豔屠』，又有愛一個害一個的『獵者』，他們貴族又有勇氣，又有決心，事事講究打破紀錄，創立紀元，既是生氣勃勃，自然也會煞氣森森。C乎！C乎！其向惡的最後面摹仿而狂奔，以漸成一專家者乎？」

夠了！夠了！只介紹這一點，已夠肉麻的了。這位大主筆，枉站在「時代的領導者」的地位上，發表些不通的文字，竟如此與時代精神相衝突，可憐他坐井觀天，對於現代摩登男女間戀愛的作用，太不了解，又於最摩登的「獵豔專家」的行為和心理，也絲毫不認識，竟敢亂發議論，咒詛現代文明，並很迂腐的提出些什麼善和惡的問題，招人恥笑。雖說關我個人被他有所誤解的一部分，我以外國紳士寬容的態度，可以置諸不較。但是他另曾詛咒現代文明做了時代的罪人，卻還是饒他不得，至少也該給予他一點明顯的教訓。

馬特B！W女士會自述，某主筆會批評，難道我就不能寫點什麼嗎？寫吧！我也來做個最新式的「傳道說教者」。

本來呢！關於密司W當初的這件事，我是久已忘懷的了。如今為著說教的便利，不能不追憶一回，寫出點當時我的行為和心理來。

說到獵豔的這一點上，某主筆多少也還算是知我。我自幼生在富貴人家，我老子是一個大財團，到民國來又做了高官，捨得許多錢孝敬給我零花。以一個年輕貌美席豐履厚的我，向來不專在女人身上尋樂子，尚有何事可做？不是我吹的話！那年我剛剛二十一歲初留學到美國的時候，獵豔的成績已是很好的了。雖不曾手刃四十情人和愛一個害一個，與外國貴族比賽紀錄；但嘗試過三四十個女性的肉味，以及愛一個換一個，在那時候卻是已經辦到。若輪到今天，既做了官，又有金錢和虛榮兩件利器幫助著，四十人以上的紀錄是早已超過，而且殺人不必用刀，比較上我似乎還更聰明一點，博一個「獵豔專家」的榮位，真是綽有餘裕，哪裡還用得著某主筆來鼓勵？

如今且只談W的那件事。不錯！她是我留學美國時的同學，外國人創出男女同校的例子，本就為的是給予摩登青年男女們一種戀愛結合上的便利，我既有志要成功一個獵豔專家，對此物競天演的現成機會，豈肯錯過？何況這一塊肥美的肉，在當時我審美的眼光看來，還的確有一獵的價值。再加上一種同鄉的關係，尤其容易接近，送上嘴來的食都不吃，天下又哪有這樣的笨貨？況且我就不去獵她，也定會掉到別一位男同學的網裡去，我更犯不上有半點的猶豫。

不過我在這裡還有點要先聲敘的：現代文明人的長處，在於有最清楚的腦筋和最精密的思想。不拘辦什麼事，先得在精密的思想上認明了作用，定清了限度，尤其是獵豔這一項更需要最高的才智來處理，萬不能因隨時情感的衝激，與環境的支配而軼出於原來的作用和限度以外，致與原來的思想衝突。

我對於普通男女間戀愛的作用，本就只認為是性的追逐；而我對於密司W的那一獵也只是一種性的企求。這其間無所謂情義，也談不上冤仇，某主筆所說的那「愛河的洗禮」，我沒有信仰過什麼愛情的宗教，我是更為不懂。

公園的一夕，我的計畫和布置固然是很高妙；但我因此而滿足了我性的企求。W在當時也並沒有勉強曲就或堅決推拒的表示，這怕不僅是酒的力量吧？W的本身，也或許有些興奮吧？兩相情願，也原是美滿的，為什麼出得門來就要懊悔呢？又為什麼還要與我哭鬧呢？

女人就是這樣的無聊；既同是抵抗不了性的衝動，要去想它，就不應怕它。更不應該在滿足以後，忘記了愉快，而發生無謂的懊惱，所以一向我對於女性的這種弱點，認識得很深，總抱著愛一個換一個的政策，不願日後聽她們懊惱的煩言。但從來沒料到她這個人會翻臉得這樣快！

好古怪的話：「我害了你。」我也忙碌了這一大陣，又是誰害了我？這本是好玩的事，哪裡就會有損害？你太不配講摩登式的戀愛了！

W哭鬧了一頓不算，嗣後又還要搬家躲避著我，那更是幼稚蠢笨的行為，十分好笑。我本來愛一個換一個，除了偶然尚有餘興，或者尚會再找你敘舊一兩次以外，原就可以拉倒了。經你這一鬧，那便更好；世界上男女戀愛，本只圖個高興，誰喜歡再看你鼻子臉子的？但此後是你不願再找我，我倒更沒有什麼不是了呢。公園裡的酒館中，樹林裡，日後自有許多新的情侶在期待著我，我和她們都不像你那般腐敗，是很會找樂兒的啊！

後來忽然又接著W的信，說她：「肚皮裡懷了孩子。」乍一看，我也有點驚異。繼而一想，也不足為奇，我和她都是研究生物學的，這正是學問到家，才容易有這般好成績。然而W又在發呆，苦苦的要逼問我：「如何處置這孩子？」老實說，我原來計畫上並沒預備要製造孩子，當然我不能負這個責任。孩子他要來就來好了，世界上是不怕人多的，儘可由他的命運向世界中去闖，我是管不著的。

但我很精密的再推測一下；W寫這封信必另還有個作用，當是為了這未來的孩子改變了仇視我的態度，想叫我承認做這孩子的父親，而與她正式結婚，像這樣的處置法，她雖想得出，我卻萬萬答應不得。我早說過，我是不談愛情的，縱有愛情，這結婚也是愛情的墳墓，我為什麼要往墳墓裡鑽呢？

外國貴族最講究個「惟我主義」，什麼事都應以自私自利為前提；就是中國人也會說一句「人不為己，天誅地滅」，無故要逼迫人鑽墳墓，我想，任何人都不能忍受的，我當然更要自衛。況且我知道W的脾氣，她很會鬧，又很會哭，若我不答應她鑽墳墓，她又得發惱，說不定還要印宣言，發傳單，宣布我什麼罪狀，以至於和我到法庭上求法律解決。

真要這樣大幹起來，那有多麼糟？至輕至少也會使我做不成獵豔專家，再沒有女子肯來受我的誘惑。我為了自衛，為了鞏固我獵豔專家的地位，我就不得不與她宣戰，戰爭的目的，最小限度也得驅逐她莫與我同在美國，免得與我來搗麻煩。她不去，我不得安，就是不見得就衝突，但有她在這，我總須時時刻刻提心吊膽防備著她，惹得我精神不安定，這如何能專心致志完成我獵豔專家的大業？

宣戰吧！世界上任何國家和個人，為了掃除障礙，防護自己，動不動就求諸戰爭，那不也是很摩登的事情嗎？然而我在這戰陣中所恃為決勝的兵器，並不是槍砲，仍是我那精密的思想。只悄悄寫一紙書寄與她父親告密，就輕輕巧巧的把她驅逐了，你們看我厲害不厲害。

至今想起我這戰績來，我還是非常的得意。那迂腐的記者，卻偏要提出什麼善和惡的疑問？討厭！我不早談過嗎！這是唯我主義中的自私自利，有利於我的即是善，有害於我的即是惡，除此之外，我不懂得了。並且不要懂，不必懂。

卻另有一樁，像我這樣思想精密見解高超的人，到今天為了這件事，什麼都有理可講，卻居然另有一件解決不下的問題。那是什麼呢？W的文章中曾提到那剛生六個月就拋撇在美國的男孩子，我雖不承認我有父親的責任，然而不知怎的，我竟有點想見他一面。這也許是我好奇？未必即是什麼父子天性之愛在作怪，就是果真見著了，也未必就憐愛他，或者還憎厭他，打他一拳，踢他兩腳，也說不定？只是我總念念不忘的也想見他，這究為的什麼呢？

想不到這一個怪問題，竟連我自己也答覆不了，又還解決不下，好不煩悶人也！到了上海，下火車找到了一家大旅館，開了一間房間，什麼事都留在明天辦，只關著房門寫這一篇東西；寫到後來，那個古怪孩子的面影，竟湧現到我腦幕中。丟了筆，睡到床上，那影子似哭非哭，似笑非笑，竟盤踞在我腦中不肯去。呸！我又不認得他，哪裡來的這個怪影？卻偏偏騷擾了我一夜不能安睡好！我若再不去找這孩子，就勢必要去找醫生，我怎麼老害怕我要瘋啊？

造錢機器

我常在一條交通利便的馬路上看見一輛很奇怪的人力車，那車的樣式完全和轎子馬車一般，坐人的地方是一個轎形的車廂，上頭有木板加漆的車頂，前後左右有夏天用鐵紗而冬令用玻璃的窗戶，只是車門不開在左右兩旁而開在前面，拉車的不用騾馬而用人力，與馬車比較可謂具體而微。在新造的時節，自然是一件很珍異的東西，如今日漸腐舊了，大約總有五六年未曾加過油漆，有好幾處剝落得現出灰黑的木板來，連那窗簾子也破爛髒舊得像幾方抹桌布，便非常的不中看，然而樣式到底特別，走出來還有惹人注意的價值，不由我不注意那車中之人了。

後來我審視明白，坐車的常常是一個老態龍鍾的老人，穿幾件古式衣裳也與那車子一般破舊，倒也相得益彰，可見這車便是這老人的特有物了。但我很覺奇怪，像這種的車一定是坐車的年老很怕風霜，才定製下這個樣式來。然而偌大年紀的人，又究竟為的什麼，才這樣常常在外邊忙碌。倘若是有必不得已的事，或是官職，或是商務，那麼，總還不至於十分窮，又為什麼捨不得把車子好好修飾一下咧？

過了些時，我偶然去拜訪一位朋友，在他大門口，竟發見了這部常常見著而又猜不透的奇怪人力車；及我一進門，又見那朋友剛好送出一個老人來，正是車中所常見的那個人。待那朋友送這老人上了車，回到客廳陪我談話的時候，我使像一個探聽奇聞的新聞記者，向那朋友詢問這老人是何許人了。但我剛一啟齒，那朋友眉頭一皺，又深深的嘆了一口氣，似乎有很多的感慨，及他慨然而談，把這老人的來歷和目前的狀況一一對我說明，連累我也招了一肚子的感慨，這真是中國家庭小說的一種好材料咧。如今我寫了出來，不知國內許多當家主和有妻兒的老人們，對此也有些感慨不？

閒言少敘，書歸正文。這老人姓齊名教祥，倒是一個飽學之士。自從中年時候在前清入了詞林，無奈書獃子脾氣太重，做官不甚相宜，只落得在一個顯官家裡教讀；但幾年教書下來，那顯官見他學問甚好，所教的子弟也很有成績，不免動了一點憐才之念，就毅然提拔他做起官來，並替他弄了好些個好缺，如監道之類。論理，他官囊裡總可以發些財了。但那時候他老妻早已生下兩個孩子，並已經成年了。他雖獃，他的兒子卻不獃。他不善治家人生產，他兒子卻會拿老子做官得來的錢，一個個儲積起來，置了不少的產業。然而這產業究有多少，他卻不甚清楚，完全任憑兒子當家。他只知道克勤克儉，自己省節得了不得，替兒子多留下些錢。然而這時候還有他老妻在，總算使他享了一些家庭之福，得了一些家庭之樂，但其實也不過是他一生歷史中做正妻冢子造錢機器的一個時代罷了。

到了民國時代，他所恃為靠山的顯宦，不惟未曾當那失時的遺老，而且凌雲直上，做了識時務的俊傑，民國中的巨頭，他仰其庇蔭，又做了一兩任特任大員。但那時他正妻死了，有幾位朋友念他沒有老伴，冷清清怪可憐的，送了一個丫頭給他，請他收房作妾，算是服侍他的意思。也見這丫頭年輕貌美，很可以娛他晚景，收房之後，寵愛異常，簡直成了後妻。隔年又生下一個幼子，也玉雪一般可愛。在道理上講來，他既然是斷了絃，又沒曾另外正式續娶，那麼這生過兒子唯一的姬妾，當夫人也當得過。然而他那前妻的冢子，當現成少爺舒服慣了，又擁著許多財產，惟恐怕這位後母要來攘奪財權，或幼弟將來瓜分家產，一時財迷了心，為著自衛及利己起見，就藉口說老頭子以妾作妻，昏憒糊塗，太不正當。做冢子的約集次子和家下人以及母黨等，要與老子斷絕關係，不承認他做老子，更不承認這後母和幼弟是齊家人。從此各姓各的齊，再不在一塊兒住。其實所謂斷絕關係的，也無非是將自己歷來所掌管的財產，和老子及後母幼弟三個人斷絕，永遠歸冢子和次子占據，不准老子及後母幼弟三個人染指罷了。但有時念在老子還幹著好差事，手頭錢很充裕，也還藉口說家用不夠，或掃修先人廬墓，要錢硬來再找老子惡要蠻討。老頭子擔不起這個不顧先人廬墓、寵妾忘家、不仁不孝的罪名，也只好姑且再盡些老子的義務，勉強再敷衍一點錢出去。那後妻咧，心裡明亮亮地知道前妻的那兩個大寶貝，人大心大，雖有些原來的家產，也和虎口中的食物一樣，休想動他分毫，不如離遠些，大家落得清靜。橫豎大少爺、二少爺容伊們不得，伊們也不屑在前妻的兒子手裡討生活，仗著老頭子眼前官運還好，既掉在伊手中，也可以照樣刮些錢積聚下來，作為伊們的特種財產。於是這老人便成了一個眾叛親離的人，於這時候另起爐竈組織起一個小家庭，也照樣有妻兒相伴。至於那些孝子賢孫，是不是在背後罵無道的昏君，好色的老鬼，只好裝聾做啞，姑且享受些豔福要緊。然而在實際上講來，他不過是由做正妻冢子的造錢機器時代，遞嬗到改做後妻幼子的造錢機器時代罷了。

近一二年來冰山倒了，那顯宦也去世了。這老人又老得益發不成樣子，便在京賦閒起來，再也幹不到什麼差職。不消說，造錢機器上也是造不出錢來了。前幾年雖說也賺了不少的錢，然而那是為後妻幼子造的，援著前妻冢子的前例，自然是後妻掌中的特產。那幼子年紀還小咧，這後妻忿著平日冢子們待伊那種樣子，不寒而慄，就是不為自己打算，也得為幼子將來打算。老頭子這般老了，風前之燭，瓦上之霜，不定哪一天就會撇了伊母子們死去，那時若剩不了幾個錢，自己下半世和幼子一輩子的生活，求冢子們不來欺壓伊們就萬幸了。若想他們照顧或養活伊們，那不是做夢嗎？看起來是非得自己儲積一筆錢防老不可了。眼前所積下的一些錢，在那眼光狹隘和不知足的婦人心理上，當然並不以為是富有餘裕，便死死扣住，一個錢都不肯再拿出來。那老家裡的大少爺，又從此真個把關係斷得很清楚，然而在京服閒的一筆家用，又從何處籌出咧？

後妻又想著，老頭子不是那一個人獨有的，那冢子們也是他的兒子，他原籍家鄉裡的家產也是老頭子的錢。在老頭子還幹著事的時候，他們雖脫了關係，還趕來叫爸爸蠻討了些錢去，如今老頭子沒得進賬了，他們就不該在家裡帶些錢來供養嗎？既然他們不管，我們也落得不問。一樣是分著有家財的，什麼定要派我們一邊出錢？難道他們的錢就該留著，我們的錢就該白糟踐嗎？萬一把我們的錢花盡了，有去沒來，有減沒添，將來他們在家鄉做富家翁，我們母子在外頭流落做乞丐，我們就那麼傻不會打算嗎？不過一層，伊們是與老頭子住在一起共同生活的，老頭子本來沒曾另外留下貼己的半邊錢來，如今日子過不去，伊們也受影響啘。比不得那遠在家鄉的土財主，自顧自的不管老子在外頭的死活，可以逍遙自在。終於要想個法子，使老頭子和自己日子過得去，並不使小寶貝餓肚子才行咧。

好一個多智的齊太太，伊始終存著留得青山在，不怕沒柴燒，留得機器在不怕沒錢造的政策，總得要這機器造些錢出來。雖大官再做不著，大錢再撈不著，但老頭子門生故舊甚多，眼前在政治舞臺上的也不少，只要他肯出去求人，總可以找些掛名的薪水來維持家用，不至於坐吃山崩。於是便向老頭子發話道：「如今世界哪個不為著爭名奪利，忙得起勁。老坐在家裡，是絕不會再有人來奉請的。一個人不出去找錢，這錢也是不會飛進門的。你看在孩子頭上，總還得到外頭去奔一奔罷！」

老頭子見伊說得有理，又念著自己當做家長，也應有養妻育子的義務。既然不能再遇著知己，不會有什麼使者來召請出山，便只索老著頭皮，作一個自荐的毛遂，靦顏出去求人了。但偌大的京華地方，出門無車是不行的。汽車固然萬萬坐不起，就是馬車也嫌餵料和人工忒貴。若是雇街頭零碎人力車坐，又究竟年紀太老了，禁受不起冷天的風沙，熱天的炎日。即或老頭子自願告奮勇，拋頭露面坐著人力車在外邊跑，後妻為著保全這架造錢機器永遠生利起見，也甚是不放心。這虧那時他有一個學生體念老師的清苦，就特別製就這部轎形的人力車送給他出門乘坐。這車較馬車一樣能遮蔽風日，卻可省卻一筆餵馬之費，總算經濟極了。

他老人家在外跑不上幾天，畢竟有些老面子，就有幾位舊同事和學生們替他謀好兩三起顧問或諮議的位置，每月可以安穩坐在家裡得一筆乾薪。論理，本可以一勞永逸，無須乎再行出外鑽謀了。但他太太得了一種新見解，以為隨便讓這老東西出去跑兩天，就發生效力，若是常常叫他出去，如法再多多炮製一下，豈不這錢來越多嗎？橫豎錢這樣的來，多多益善。眼前有一筆乾薪維持家用固然夠了，但再找些來另外積存起，豈不是將來那筆防老之資又可望添些數目嗎？於是依然天天向老頭子嘮叨，總說這些錢不夠用的。又每每等那些乾薪發下來的時候，趁早另外收起三分之二，其餘的用不上三天，便又宣布錢用完了，向老頭子百般唱苦，說這日子萬分過不下去。偏偏這老頭子又糊塗得緊，一切家庭中財權，全操在後妻的手中，由伊自由分配。究竟每月進賬多少，每月家用多少有不有贏盈或虧耗，以及市面上百物的行情，居家所需的生活資料是些什麼，他是懵然不知。只要後妻一嚷說沒有錢了，他就信以為真，陪著真乾發急。這救濟的法子，自然又是仿造那老法子，奔出再求人了。不過京城中掛名差事的名額有限，這老人一個人又兼不了那許多，漸漸便由謀掛名差事進而向朋友們借貸了。

及到最近的時期，京城中各衙署受著財政困難的影響，各處窮得叫苦。這些掛名差事越發是十有七八一半年拿不著一回錢。這老人固定的財源忽然斷絕，後妻的私房錢又始終儲積不夠，於是向老頭子逼討家用錢的聲浪一天比一天急促。這老人在外向朋友們借錢度日，也一天比一天忙碌了。兼之他後妻又想出一樁心事來，如今世道這樣艱難，百物這樣昂貴，可見錢這項東西是萬萬不可缺少，而且錢少了還不夠將來花的，便又把私房錢積儲得更為急切。從前是每湊齊了一百元或五十元的整數，才不肯動用；如今是湊上了十塊五塊，也有儲存的必要了。每每老頭子今天在外邊借了幾十塊錢回來，只消隔一夜天，到明早又是一個完。在明日的下午或後日的早晨，又須另找別處去借。但朋友中可以借錢的地方終不見得十分多，而且這個恐慌時代哪個不窮，哪個有多餘的錢常常出借？何況還是白送給人咧。日子弄長了，借的回數太多，自然就不能常常如他老人家的願。俗語說的好，朋友只能救急不能救窮，天下哪有靠借錢度日子的？何況又還是借錢積家產咧。好幾次這些故舊互相見面閒談起來，談到這老人借錢的故事，大家一對照，錢的數目委實不少，何至於還是這樣天天唱窮。自然就又有明於觀察的人，看清他家庭中的黑幕，再也不肯那麼傻和那麼慷慨了。

但那不知足的後妻，終是要逼他出去亂借。他不識趣又仍然到處求人，結果是就聽了不少閒話。有的勸他家用上節省些的，有的勸他回老家去與大少爺一同度日，免得困居在北京的，談到錢就是力不從心請他原諒了。即有人被他糾纏不過，礙著情面，掏幾塊錢奉送，也不像從前那麼整百論十的借了。他見事不妙，回家去一一告知後妻。但那後妻索性哭鬧起來道：「眼前窮得這樣，你還怨我浪用，難道叫我母子捆緊肚皮不吃飯嗎？至於回老家的話，明明是把我母子送與你那大少爺活活治死，倒不如你先把我們一刀一個殺了，還較痛快。」說罷又百般的假裝要尋死，鬧個不了。嚇得這老人連忙賠禮，再也不敢另說旁的，只索仍是出去賣老面子向人借錢。雖說借不到多的，但以後妻想來，三塊五塊也有用處。只要出一次門不落空，總算這機器沒曾白使，還是逼他出去的好。有時真借不著空手而回，後妻不惟不問他辛苦了沒有，而且還用手指尖兒指著他額角上奚落道：「虧你還做過大官咧，如今這般無用，竟掙不著錢，養不了家，虧還有這副老臉做孩子的爹咧！然而這也是我母子們的苦，才遇著你這無用的人。」說完自怨自嘆，又免不了一場哭鬧，和老頭子的一場安慰。萬一真沒法，也只索將老頭子衣服去典質，那私房錢是隨便哪樣不能拿半文出來的。等到將來或隔日弄著錢時，第一要扣存儲款，第二要敷衍家用，第三又新添一筆叫贖當。於是這老頭子的家難，始終沒有蘇息的日子，更無暇修理那車了。只為著安寧起見，不能不像牛馬一般，成天在外頭忙借錢的工作。不管借得著與借不著，終不能曠一次工。這叫做盡其人事，免得在家裡受責備罷了。所以我們最近常常看得見那部奇怪的車，不拘冬夏晴雨，總是在馬路上走動；並有時還看見那老人頹唐不堪，連一些生氣都沒有。一年四季，只與這部怪車相依為命。天熱的時候，悶坐著不通氣，額角上棼如亂絲的皺紋被黃豆般汗珠兒浸透得越加清顯；冷天的時候，又凍得縮做一團，幾乎把腿凍僵了下車不得。凡是認得他的人，無不說他可憐，但他的後妻絕不知道字典上有這可憐兩個字，只把他當造錢機器看待。雖機器老鏽了些，造錢成績大為減退，但終不能像破銅爛鐵一般，老擱在家裡不去用他。不過世界上什麼東西都是有老的時候，慢說是人一般的機器，就是那裝置造錢機器的特式人力車，也日趨老境，快要成廢物了。然而他也不能自由停職咧。

那朋友說到這裡，氣忿忿地狠說那位老人的後妻不對；但我說一句公道話，老人的大少爺作俑在先，也無怪那後妻步武於後，評判起來這位大少爺更不可恕咧。

這事的結局：那老人一生被前後兩個家庭劇烈刻毒的壓迫和損害，終於做了家庭中的犧牲品。有一天在外邊回家來，車夫把車門才開，請他下車，他卻沒有聲響，就算是這樣不知不覺的死了。可憐他手邊還捏著一張五塊錢的鈔票，是一個同鄉朋友最後借給他的。他死後，他那兩個家庭卻都沒受著失了造錢機器的影響，以至於困苦顛連，而且還很好過咧。就是那部怪形的車，也因所裝載的造錢機器毀滅之故，他的職務終了，也同時得著最後的休息。

海南人

在大連沙河口一處運動場上，此時正開著什麼中日小學聯合運動大會。場上居然也高掛著中日二國的國旗，青天白日滿地紅旗和旭日旗一樣在旗竿上迎風招展著。

一隊隊的日本小學生，男小孩也有，女小孩也有，全是十四五歲以下的小「可托麼」——日本語，即指小孩子——男小孩身上很骯髒，戴的是失去了原形灰青色的舊帽子，穿的是五顏六色歷次洗得脫了光彩的破爛運動衣，還有一雙雙的爛泥腿，登著些百孔千瘡釘子無數補綻的舊皮鞋和舊跑鞋，形式上是並不怎樣好看，據說他們國裡的男小學生，是這樣破爛齷齪慣了的，藉此好自小兒磨練他能吃苦能守窮。倒是女小孩卻一律整潔得多，有些也似花一般的美麗，大概他們國裡還很特別愛重他們的女孩子吧？

又一隊隊的中國小學生，也是男小孩女小孩全有，那形狀兒便有不同了！不拘男的女的，制服都穿得不甚整齊，並有選手們還穿著中國式白布或藍布的對襟小掛的，精神上似也不及日本小孩那樣耀武揚威摩拳擦掌來得起勁，全像有些呆頭呆腦失了神一般。

但讀者們不要生氣；這些不大體面的中國小學生，並不是中國國立或公立的小學遴選去的，乃是當地日本人替中國人特辦的支那公學校所製造出來的，也許他們故意辦得這樣糟，掃掃中國人的體面，並藉此反映出他日本人的威風。

一會兒，百米賽跑舉行了。在節目單上，這是男生的百米競走，十來個會跑的小選手，在白粉畫線的運動場上努力的跑著；其中也有三兩個穿汗衫或白布小褂的中國小英雄，居然也想憑著兩條天生的腿，要與日本小孩爭個勝負高下。

看臺上簇擁著多少看客，大一半還是穿木屐子的日本人，都在眉花眼笑，替他們家裡小健兒喝彩助興。還有日本的小拉拉隊，尤其是胡嚷怪叫，喊得天崩地塌，為他們小同學加油助威。這時，忽然間那不大愛多開笑口的中國拉拉隊和學生隊，竟不約而同的在那呆板板的小臉蛋上，齊現出很緊張的顏色，並還次第發出幾聲微弱的呼喊，似熱鍋上炒栗子般零零星星的爆炸。

「看呀！我們公學裡的戚紹宗，跑在頂前面呢。那個緊挨著他腳後跟的小日本人，只怕趕他不上。第一！第一！準是他的快加油罷。」這些微弱的呼喊聲和歡笑聲，所迸出來的就是這樣一些的語句。

瞥然的一瞬間，小選手們已跑到盡頭了。中國學生隊裡還是那麼熱烈的騷動著，並拍出一陣劈里啪啦的小巴掌，有幾個極桀驁不馴的男生，還伸手揭開帽子在頭上不住地飛舞著，高喊出：「戚紹宗得勝」的呼聲。原來他們都的確一齊看見戚紹宗是始終跑在小日本人前頭一點，深信戚紹宗是準勝無疑了！

於是大家只靜候著裁判員正式的宣布，並一個個振作起精神，打掃好喉嚨，預備應聲而起，再來一次慶賀的吶喊。

寫時遲，那時快，一個步法蹣跚，西服臃腫的矮裁判員，繃著臉已在那裡宣布：

「坪內小三郎第一，時間是十五秒，恰超過第二名戚紹宗一個肩膀。」

這好比半空中一個無情的大棒，一棒打下來，把這些中國學生隊所有的熱烈的信心和勝利的喜興，全擊成一個粉碎；一個個大驚失色面面相覷著禁不住異常的惶駭。

「抗議！」那幾個桀驁不馴的男生畢竟忍不住這口惡氣，很大膽的敢於提出抗議來；抗議的理由是：「裁判員不公，明明是戚紹宗超過坪內一肩，怎麼戚紹宗倒成了第二名。應該更正這個決定。」也公然七嘴八舌那麼嚷著。

那裁判員斜睨了這些喧囂的中國學生一眼，用極粗暴的語調答覆道：「我看的沒有錯，不准擾亂秩序，聽見嗎？你們這些小馬鹿。」罵完，昂起頭來他就走了。

眾中國學生還是不服，還是那麼爭論著，可是為了抗議不出效力來，已經有些氣餒，由叫囂變為只是竊竊私議了。

同時，那個可憐的失敗者，受屈的失敗者，垂頭喪氣的出得場來，歸到本隊，被幾個要好的同學擁護著，並紛紛告訴他大眾為他所引起的憤懣。

他那時滿腔充塞著失敗的悲哀，又感著極度的疲乏，喘了一陣，也啞著喉嚨向眾人聲述：「我使勁向前跑的時候，明明覺得比坪內超過差不多半步遠，最後猛力往終點的線上一碰，也許他不遵規則，故意碰得很前的緣故吧？」

這其中有一個年紀比較大一點的班長，向他告訴道：「戚紹宗！本是你得勝的，只因那個裁判員……」說到這，放低了聲音，又道：「是日本小鬼，小鬼是最使壞的，他成心要袒護他們的小坪內，不讓你強過他；唉！誰教我們是中華民國的人，住在這個地方，歸他們管，受他們欺負，有理都沒處伸呢。」

戚紹宗蹲到地上，一隻手支著下頷，又一隻手搔著頭髮，像很深刻的在絞腦汁，徐徐說道：「對的！我也聽見人講過，我們的國是中華民國；又聽見公學堂的日本先生說，這裡是日本治下的關東州，旅順、大連、金州一概在內；但我只是不懂，我們中華民國的國土究在哪裡呢？我們既是中國人，為何要在這個關東州地方，受他們的惡氣。」

「中華民國的地土大著呢！多著呢！我看見過一幅中華大地圖，比日本要大多少倍；據說這裡關東州地方，原先也是中國國土，前幾十年才被日本強占了去的。我們祖先好像還不是這裡的人，是由這裡對海過來做買賣，才寄居在此地；大概對海就是我們的老家，也就是中華民國的國土，我們若慪不過這口氣，不如仍回到海南去。」那班長似演講一般就說了這些關於人文地理的說話。

「對了！我們都是海南人，家裡都這樣告訴過我們的。如今我們都氣不過，很贊成我們班長的主張，一律回到海南，上我們中國學校去念書。」這些中國男女學生，都很興奮地那麼附和著。

「這當然是很好嘍！」那班長讚許了一句，忽又懷疑著道：「可是一樁，我曾翻遍了中國地圖，不見有海南兩個字，就是這裡對海的地方，地圖上也沒寫出是海南，究不知海南是在何處呢？又聽見日本先生說，中國地方很糟，沒有關東州文明，中國學堂也辦得不如這裡日本人辦的公學堂好，功課也是兩樣，沒有和文，盡是漢字，怕一時也學不來，雖說日本人的話不見靠得住，但我們也得細細打聽清楚後才能決定，並且也須請求家庭的同意呢。」

這一場討論，便就沒有個痛快的解決；同時，日本先生跑來監視了，他們也沒敢繼續再多多討論下去。等到運動會散會之後，這些男女學生，便都滿腹狐疑的，各人走回各人的家。

戚紹宗是一個品學兼優身強力壯的小學生，年紀還只有十三歲，在當地公學堂高等小學二年級讀書，成績很佳，運動尤其是在眾同學中負有很好的名望。今天這一點小波動，本是因他而起；他受的刺激便也比任何人都深切；這時，他那薄弱而又最喜思慮的腦筋中，因憤激而急切想到他模糊的祖國，兀自捉摸不定，便在回家去的路途上，直感著異常的煩躁。

他家在西崗子一條中國式小街上，開著個義和興小雜貨鋪，還是他父親一手創設的。不幸在他三歲多的時候，父親就亡故了，並聽說是被日本警察無故打了一耳巴子，氣憤死的；撇下他的媽在家守節，辛辛苦苦撫養他到這麼大。可是一個寡婦，雖有力量能撫養大一個孤兒，卻沒有本領能經管好一家小商店，由一位表親伍大爺，代理掌櫃，靠十年來，伍大爺有了錢，鋪子可就虧了賬了！眼見得這小鋪子風雨飄搖，早晚總是個關門歇業，他媽處在這種艱難困苦的境遇裡，惟一的殘餘的希望，就是盼她這兒子不久長大成人，重振門庭，另創一分家業。

他走到離家不遠的這條街上，一望見他家小雜貨店的招牌，心情便更是緊張了；差不多重使出他跑一百米的腳力，飛也似的就往他家裡奔，踏進大門，鼕鼕鼕一直跑上了樓，在後樓上就找著了他的母親。

「媽！快告訴我！我們原是什麼地方的人？」他劈頭就這樣很急促的問。

「咦！我不早告訴過你是海南人嗎？」他媽很驚訝的回答。

「這個我知道；但請你說詳細些，究是海南什麼地方的人？」

「好孩子！你差一點問住我啦！幸虧我從前聽你父親說過，海南就是山東登萊二州沿海一帶；我們的老家，本就在蓬萊縣；只因這關東州大連各處地方，從前也歸山東管；我們那裡的人，坐著風船，過海到這裡來做生意的很多；指著對海的南岸說，就統稱是海南人。」他媽很詳細的向他解說，臉上的驚訝顏色也就漸漸消逝。

「但是！我們為什麼要住在這日本人所霸占著的地方，不回蓬萊去？」他緊接著又發出很奇怪的問句。

「這話說來就長啦！」他媽追懷往事，引起一些傷感，擦了擦眼淚，仍徐徐的說了下去：「一般海南人愛到這個地方來，本都為的是做苦力和作小買賣求生活；可是我家卻不僅為此，從前你祖父本是個讀書人，還在科場裡中過舉，被金州一家富戶請到海這邊來教書。有一年，府城裡考秀才，那富家的兒子，也就是你祖父的學生，渡海到海南來趕考，由你祖父一路陪送；考完後，再一同渡海回去，不想在海中間遇著暴風，船也翻了，一船的考生也全淹死了，你祖父也一同遇了難。事後多方探聽，有說撈著了尸首，已由那富家出資埋葬了的；也有說尸首並沒撈著的。你父親是個孝子，十幾歲的人，就孤身渡海，打聽你祖父尸骸的下落。雖尸骸並沒找著，卻蒙那家富戶，留你父親在此地住居，一生積攢下一點錢，就開設了這一家商店。卻不想這地方就從那時起改歸奉天省管轄，不久又歸了日本人租借，地方上異常興旺，鋪子開得很發達，你父親守著這鋪子，就回不了海南啦。如今你父親又死去了靠十年，老家裡聽說也沒有什麼親人，地方上又常常打仗和鬧土匪，海南人只有紛紛向這裡來的，很少有敢搬回去的，憑我們這樣一雙母子，回得去嗎？回去又幹什麼呢？」

「不行！我要回去！我不願在這裡受日本人的氣，我要做中國人，回中國家鄉去讀中國書，練好了本領，將來再打日本人，替中國人露露臉。這裡的鋪子本就沒什意思，娘不如不要了罷？帶我回蓬萊老家去，我一定在中國學堂裡好好念書，畢業後幹事情賺錢養活你。」他滔滔不絕的就陳述他的志願，求他媽的許可。

他媽可就更悲傷惶急了！忍不住老淚縱橫，流了一臉，只懇懇切切的勸說他道：「紹宗呀！凡事要三思，不能任你一時的意氣呢。你這樣小小年紀，有這樣大的志氣，總算是不錯；我聽說我們家裡有位遠祖，是明朝的大將軍戚繼光，他老人家就打勝過日本，留下很大的勳名，我當然也盼望你趕得上你這老祖宗呀！不過現在你年紀還小，你家裡又只有你這一個人，我守到你這麼大不容易，絕不放心你冒冒失失的去亂闖。你要曉得，在這個地方，有日本人管著，胡亂說話，不獨成不了事，而且要招禍的，設有什麼差錯，頭一個你的娘就先沒有命！好孩子，你忍著一點吧；等將來你的娘一口氣斷了之後，你也成了大人了，才任憑你愛怎麼幹就怎麼幹，也還來得及呀。」說罷，一把將戚紹宗扯在懷裡，緊緊摟抱著，放聲痛哭起來。

哭得戚紹宗小小的心靈裡，如亂刀刺殺著一般，就也抱頭大哭著道：「娘！我不應該害你傷心，我知罪了。往後我就聽娘的話，一切都忍著一點，等將來再說，只要有志氣，遲早總當有機會替我們中華民國出力的。不過在這兒公學堂讀書，將來究有什好處，可以對得起我的娘呢？」

他媽伸手輕輕拍著他的小腦瓜子，哽咽說道：「談起這兒的公學堂，本全是日本人辦的，他們又不許旁人另辦學校，用中國書教學生，當然念下去沒有什麼大出息。但是我對你也沒有多大希望，只願你平平安安，穩穩靜靜，將來能賺錢養家就好了。如今什麼都不比錢好，沒有錢就簡直做不了人；公學堂畢業的學生，只有一樁好處，日本人能提拔他們憑本事賺錢，不至於沒有事做，沒有錢賺，頂不濟的也好當衙門裡的巡捕，好一點的還可當刑事和高等系，以及公學堂教師翻譯，或日本洋行職員，這種人很有能發大財，在本地方買房子、開煙館、開當鋪、開錢號和各種大商店，過得很合法的，你若能這樣，也就很不錯，不至於受伍大爺的欺負了。」

他聽了這段話，慢慢咀嚼，原來還是要我靠伺候日本人吃飯，但母命又不可違，不由徬徨失措，暗暗發恨道：

「我真不幸生而為此地的海南人啊！」

先烈祠前

「明天十月十號國慶日到了，要預備到先烈祠去致祭咧。」這一種消息，在鎮守使署內傳出，是祕書廳朱師爺先提起的。朱師爺到底是個讀過書的人，平日對於中華民國法令全書很注意，所以到時便想起這個應辦的公事來。接著，副官處具了一個簡單的呈條，向鎮守使請示，問是不是照向來的成例舉行。那位鎮守使行伍出身，本一個大字都不認得的。接過呈條，叫一個隨身的姨太太念給他聽，看是什麼一回事。這姨太太雖是倡門中人，卻有一種特別的長處，就是也認得許多字。整個鎮守使署中的人門，除了那位朱師爺，也就算這位姨太太能通文墨，下餘便再找不出一個讀書種子來了。所以伊由倡門中買了過來做姨太太以後，全衙門裡的筆墨事情，外頭靠朱師爺，內裡就全憑這位姨太太。論起地位來，朱師爺不過專管秘書廳一部分的職務，分所當然，不足為異。這姨太太卻以伊認得字的眼睛，來代替鎮守使認不得字的眼睛，所有衙門中公事呈報鎮守使，請他主持和吩示的，都一切由伊過目，看完後也就由伊主持。不獨能辦與不能辦以及怎生辦法，統由伊親筆批出來；就是空空洞洞寫一個閱字或蓋一個小印章，也都由伊一手料理。差不多鎮守使就是伊，伊就是鎮守使。舉凡一切鎮守使公務上的職權，全落在伊手裡。伊說出一句話或寫出幾個字來，不獨全衙門中人都得遵行，連鎮守使也是唯唯諾諾，照伊的吩示那麼承轉下去叫人辦。伊的威權恍惚是一個太上鎮守使，斷沒有半件公事不由伊主持的。自然是國慶日先烈祠致祭那件請示的呈條，也由鎮守使轉交給伊主持咧。

伊那時看過那呈條，芳容上猛的現出一種慘澹的顏色，半晌沒答出話來，好像很沉默的在那裡想什麼。鎮守使在旁見了，不由大驚問道：「你、你、你怎麼樣了？莫非不舒服麼？本來天天要你看這許多撈什子的字，是很苦惱很煩神的，我向來見了字就頭疼，何況你這樣一個嬌嫩的人。這只怪我不好，小時候不該沒讀書，連累你今天專替我辛苦忙這件事。你如果真厭煩，不妨將這字條扔在一邊，等高興的時候再看。我想就是不看，也不打什麼緊，橫豎這些時沒有鬧土匪，沒有軍務上緊要文書，這又不像是省裡大師的電報，用不著多操心，交給朱師爺隨便辦了就行。」說罷，又惡狠狠地對那副官申斥道：「你不知道太太看字看得太辛苦嗎？以後這些不相干的紙條，不准隨便拿上來，你聽見嗎？」但是姨太太緊捏著那呈條兀自不肯放，還趕忙強作笑容，來安慰鎮守使道：「你不要性急，我並不曾不舒服。看看字也不打緊，為你的事，就是辛苦我也不敢辭，何況這還是很要緊的公事。我能夠大意誤你的公務嗎？王副官，不干你事，你暫且下去聽信罷。以後不拘大小公事，還是統同拿上來，我來這裡的時候還不算久，有好些事不明白，不統同看一看不能放心。我萬不能圖我一人的清閒，耽誤大人的事。」那副官答應了幾聲是，就樂得退了下去。

這裡鎮守使笑嘻嘻地握著伊的手說道：「我的最賢慧的太太，你這樣辛苦為我，我真十二分感激你。沒有你，我這官簡直做不來。如今閒話少說，這紙條上究是什麼要緊公事，你快說給我聽，早些辦完了我們吃酒去。」伊微笑道：「明天是國慶日，你都不知道嗎？」鎮守使也笑道：「國慶日我過了好幾回了，怎麼不知道？但這不算要緊的公事呀。難道這條上寫著要緊嗎？……哦，……我明白了，每年國慶日，大總統要發好一大批的命令。文武百官加官的加官，給勳章的給勳章。難道省裡有消息來，大帥保舉我加上將銜，頒給什麼七獅軍刀不成？若果是真的，倒是一樁喜事。」伊淡淡的答道：「不是這個。難道國慶日除了加官給勳章，就沒有旁的事嗎？你想想看。」

鎮守使思索了一會，說道：「委實沒有什麼事了，若是在省裡，或者還須到督軍衙門裡去賀賀喜。如今在外邊鎮守使任上，又沒升著官和得著賞賜，無須乎旁人來向我道賀，我又不去賀別的人，有屁的事。」伊聽了這句粗魯的話很不高興，便也厲聲道：「真就沒有旁的事嗎？虧你做著民國的大員，連民國法令上規定的國慶日祭先烈的典禮都不知道！」鎮守使仍是不解道：「什麼叫祭先烈的典禮？」伊道：「是一所先烈祠，祠堂裡頭全供的先烈牌位。明天你們做大官的應該親自去祭一祭，這總該懂了。飯桶！」鎮守使又很不耐煩的問道：「什麼叫先烈？配立祠堂，還要我去祭他？」

伊心裡一陣酸痛，便冷笑道：「哎呀呀，連先烈你都不懂嗎？也罷，待我來細細與你這飯桶說。從前有班人，提倡革命排滿，並為革命犧牲了性命。後來民國成立，大家憑著良心想，若沒有這班人犧牲性命，哪裡來的民國，便尊他們做先烈，立許多先烈祠，把他們一個個牌位供上。每年國慶日，連大總統都得親去祭奠，何況你這個小小的鎮守使！這還不是要緊的公事嗎？」鎮守使哈哈大笑道：「說了半天，原來說的是革命黨。我生平最討厭這種人，有好幾次在前敵上，也不知由我手裡殺了多少。今日叫我去祭他，配嗎？不高興。明天這件事免了罷。」伊勉強忍住了一腔憤怒，拿好言勸那鎮守使道：「你不要如此任性，先烈究竟是於民國有功的。沒有先烈，你今日哪有這大的官做。況且祭典是政府定的，上頭也有公事，你不能不遵從，還是親自去一趟的好。我是本地方的人，深知道本地方的事。第一次革命那年，本地方有許多革命志士在此響應，不幸事機不密，被清朝的官軍查覺，一一拿了去，全死得很慘。所以後來才在此地立一個先烈專祠，每年地方官吏都親自去祭過。你初來此地，不妨打聽看，看歷來是不是有這個老例。你若不守老例去祭，萬一被地方上人在報上說你一頓侮蔑先烈的壞話，政府也不能答應你。我所說全是衛護你的話，你應該放明白些。」

鎮守使道：「得了，你真是個迂夫子。你猜政府果真尊重什麼先烈嗎？如今做大官的，哪一個沒殺過革命黨。什麼祭先烈的典禮，不過是奉行故事，拿一句空話敷衍那班搗亂的革命黨的。有幾個人肯真去祭他們，我又何犯著親白跑一趟。若真個孫中山做了總統，不用你說，我自會去祭一祭。現在不到時候，還是在衙門裡與你嗑酒談天的好。」

伊見好言勸說不行，便只好撒起嬌來道：「我舌頭都說乾了，你還是不聽我的話，真正氣死人！那不行，你還是非得依我的不可，不然，我可要生氣啦。」說著，便裝出些生氣的樣子。鎮守使也急道：「你這人憑空發冤枉氣，我真不懂，你為什麼定要我明天辛苦一趟。也罷，我就答應去也未嘗不可，不過你總得說出一個真正道理來，為什麼你一定要主張去。你若說不出這道理，我卻還是不去的咧。」

伊逼得無法，便說出實話來道：「哎喲，你真麻煩死人。你不知道我的爹也是一個先烈嗎？所以我非要你去祭他老人家一趟不可。可憐他老人家為民國犧牲了性命，猶如白死了一般，剩下我這樣一個女兒，誰也不來照管，只落得墮入倡門，丟盡祖宗的臉。如今好容易嫁著了你這做官的，你這一點面子都不肯給我爹嗎？」鎮守使一聽此言，自是驚訝得很。萬想不到他竟娶了一個革命先烈的女兒做姨太太。但一想起伊可愛的地方來，登時也就軟化了，道：「哎呀呀，真想不到，我丈人還是一個革命先烈呢！早知道，我早不與革命黨作對了。好的，看在你分上，丈人我總不能不認，明天我一準去磕幾個頭，盡一盡我當女婿的孝心。不過我還有一句話說，先烈祠裡不止你爹一個牌位，那些死鬼革命黨，也不見得個個都是我丈人。我拜丈人雖應該，拜他們那些無關係的卻到底有些冤。不如請你把你爹的姓名告訴我，待我派人把先烈祠裡那些不相干的牌位全行撤掉，專供上你爹一位。或者由我呈請政府，改作你爹的專祠，才顯得我這一片誠心是專為他老人家的，也不枉他老人家有我這樣一個女婿一場，你大概總以我這話為然吧？」

伊卻連忙搖手道：「謝謝你這番厚意。但是我想一個轟轟烈烈的先烈，必須他女兒做了倡妓，嫁了大老官，做了姨太太才能換來一所專祠，也不見得有什麼體面，或者談起來更傷心呢。何況政府規定祭先烈的典禮，為的是公。我不能因我一人之私，撤掉那些先烈，霸占做我父親一人的私祠。萬一傳出去被人說閒話，你也得擔著過失，又何必那麼蠻幹呢？再進一步說，我父親在天有靈，也絕不肯為他一個人丟掉一班同難的朋友。只求你明日肯去一趟，籠統的祭一下，我和我爹便已感激不盡。你也算盡了你的職務，在公私兩方面上都講得過去了。」

那鎮守使聽到這，不願再多費唇舌，便道：「那末，就由你的意思辦罷，我明天答應一準去就是。祭禮也無妨辦豐厚些，出門的儀仗也無妨備鬧熱些。你也可以陪我去一去，在你爹牌位前一同磕幾個頭。今晚早些安息罷。」伊既得了勝利，便取過筆來批那呈條道：「國慶日本城先烈祠的祭典，由本使親自拈香致祭。著副官處備辦祭禮，秘書處繕制祭文，一切禮儀，必須隆重勿誤。」隨又叫了那副官來，持了這手諭傳令下去。

到了第二天早晨十點鐘的時候，伊催促著鎮守使穿起陸軍禮服，同乘著一輛馬車，帶了一連兵馬，前呼後擁的從鎮守使署走出，往先烈祠而去。到了那裡，剛剛下車，只見祠前簇擁著許多人民，在那裡看熱鬧。不料人叢中發了一聲喊，又擠進一班殘廢的人，帶了一些婦女和孩童在車前高呼請願。伊仔細去看那班人，卻是斷手的也有，跛腳的也有，瞎眼的也有，全穿著軍人破爛的制服。後面一班婦孺，尤其是瘦弱不堪，面無人色，似乞丐一樣。

鎮守使怒氣沖天，便大聲喝道：「這是一干什麼東西？敢在此地搗亂？」那班人中便走出三四個人來回話道：「我們是傷兵團的傷兵，那些婦孺是先烈的遺孤。我們全是為民國犧牲，受了莫大的損害的。雖說政府規定下來，傷兵有一半的糧餉，遺孤也有相當的撫恤金，無如近來這筆錢已好久不發了。我們無衣無食，生計困難。慢說遺孤不能再受教育，連生命都快有些保不住呢。但是先烈和我們都是有功於民國的，今天坐視我們這樣困苦，先烈在地下哪能瞑目！所以特來請願。請鎮守使念在先烈和我們從前功績分上，賜給一個救濟的方法，把所欠發的撫恤金補給多少救教我們眼前的困苦，猶如救命一樣。」說罷，全體發喊。

「救命」、「救命」的聲浪嚷成一片，直喊得天昏地暗，鬼哭神號。

鎮守使哪裡看得慣這種局勢，便氣得瘋狗一樣，咆哮大喝道：「反了！什麼東西！財政廳不發錢，又不是我欠你們的，與我麻煩些什麼！你們聚眾胡鬧，要造反嗎？好大膽！也不打聽打聽看，我是什麼脾氣。衛隊們，拿刺刀和槍托子開這些東西！」眼見得衛隊狐假虎威就要動起手來。這時那姨太太觸目驚心，含著兩眶紅淚，忙勸住鎮守使道：「你看我分上，不要動氣。衛隊們尤萬萬不要魯莽。這班人都是可憐的人，只有民國對不住他們，他們沒半點對不住民國。可憐先烈白犧牲了性命，傷兵白損壞了身體，今日叫死者的遺孤和這干殘廢連衣食都無靠，連應該給的撫恤金都不給，已經萬分說不過去了，還忍心這樣威嚇他們嗎？」隨又高聲對眾人曉諭道：「你們暫且安靜一下，退到兩旁去，千萬保守秩序，我一定對鎮守使說，設法救濟你們，我是深知道你們艱苦的，請你們信我。」於是眾人果然安靜退了幾步，伸長脖子等候鎮守使夫人的救濟。

鎮守使很焦躁的問伊道：「你打算怎樣？你為什麼縱長他們的刁風？」伊泣道：「我也是先烈遺孤，你是知道的。兔死狐悲，物傷其類。我如今也沒有多說的，只請你多多看我分上，做一回好事。但也不要你另外拿出錢來。這半年來承你待我不錯，很給了我許多錢，又替我買了許多珍貴首飾，我願意都拿出來周濟他們，務請你贊成我這辦法。」鎮守使萬分無奈，懶洋洋答道：「既然你定要做好事，橫直積下功德來彼此有分，不如就由我另外撥一筆款子去辦就是。要多少你說罷。」伊道：「那麼開發完後，自然算得出數目來。權當你疼愛我，買首飾與我一般，我是非常感謝你的。」當即把副官叫近前來，又吩咐道：「你對他們去說，叫他們的代表快呈出傷兵和遺族的兩項名冊來。大人做好事，每人送十塊錢。將來我還要替傷兵立一個工廠，替遺孤立一所學校。官家應該給他們的錢，也由我們代他們去討。你接過名冊，算一算多少錢，回去向我領便是。」

這副官遵命把這番話對眾人宣布後，登時人叢中狂歡大叫道：「謝大人的恩典。」鎮守使破費了這多錢，本是有些肉痛的，只因要討姨太太的喜歡，才勉強忍痛答應。此時便也大喝道：「不要謝我，謝太太的恩典。」在他的意思，無非是要巴結姨太太，巴結一個痛快。這干人仰承意旨，便又喊起「太太的恩典」來。但其中不少一二有骨氣的人，聽了卻十分悲憤，暗暗傷心道：「什麼叫國家崇德報功，到頭來還要仗著一個鎮守使太太的恩典喲！」但是一般人總算是很滿意的散了。國慶日的點綴，也總算是應有盡有了。鎮守使和姨太太攜手走進先烈祠，在那豐富的祭品桌下，雙雙行了一個三鞠躬禮。在不知道的人，都以為是鎮守使今天忽然崇拜起革命黨來，委實有些奇怪。又誰知他是專為拜見岳老大人的靈位而來的呢？祭禮完後，鎮守使特跑到神座邊，撐起那昏花老眼，向那一方方的牌位細細尋找，又喃喃自語道：「伊姓李，那個李字我還認識。這裡有三四座姓李的先烈牌位，究不知哪一座是我真正的岳丈。」伊在旁聽明白了這句問詞，瞟了伊丈夫一眼，微微苦笑道：「你不要發癡了，我雖已認出來，卻斷斷不能告訴你。我還要替我那做烈士的父親留一點面子，不願叫人家聽了當笑話說呢。」

老琴師

一個老頭兒拉得一手好胡琴，就在八大胡同各家清吟小班裡當下一名琴師，收了許多風塵中的女弟子，每日挨門挨戶老態龍鍾的去教授戲曲。什麼西皮二簧、青衣老生，他都會教上幾段，就中尤以青衣曲子教得最好。因為他少年的時候在戲班子裡唱過青衣，有許多精妙獨到的腔調為他人所無，所以他在胡同中教曲子很有些老名氣。大凡在北京開窯子和逛窯子的人，沒一個不知道他的。

在三年以前，這位老琴師在一家南邊班子裡，收下一個女徒弟，只有十二三歲。她的名字倒有些寫實派的風味，就叫做阿媛。她起初學曲子的時候，還是個天真爛漫的女孩子。雖說流落在這萬惡的風流藪澤之內，她並不知道這裡面悲慘和黑暗的真相，也不覺得有什麼痛苦和抑鬱。一位老領家買了她來，辟頭第一件大事就是叫她學曲子。她對於音樂，自小就在自然的性靈上發生美感。況且她平日在鄉下田莊子裡最好唱山歌。如今遇著這位和藹可親的老琴師，拉出悠揚動聽的琴音，教她些二簧劇中的曲子，她覺得與她的性靈並不牴觸，很肯盡心盡意的學。因為她的歌喉清脆，老琴師就教她唱青衣小嗓，唱起戲來用不著張口大嚷，越發顯出她的文靜和真摯。有時因一兩句或一兩個字不合調，她緊靠著老琴師的膝下，好比小鳥依人的一樣，靜待老琴師的教正。她那種天然的美和人生的真，直打入老琴師心坎以內，感動得要掉下淚來。所以這老琴師格外歡喜這個女弟子，將畢生的歌劇藝術，都十分誠懇的一樣樣傳授了她。

她這樣的學了一年，唱工是天天的進步，老琴師歡喜得了不得。她也覺著唱曲子唱得好，是人生最愉快的事。但是她曲子唱好了，人也長大了，那位老領家媽媽，難道買了她來關在家裡唱曲子自己消遣的麼？對不起，登時替她上了一筆花捐，她就成了個法律上認可的倡妓，對於我們的國家，盡了她個人納稅的義務，換些個千金賣笑的權利來供老領家媽媽一人受用。她的營業和她的人生責任，頭一步就是出堂差條子，老琴師緊緊跟著，在他人酒席筵前唱曲子給人家聽。她起初不願意，以為我唱得好我自己聽，我師傅聽，我媽媽聽，我的姊妹聽也就夠了。為什麼要親自送上門去唱給陌生的人聽？但是她哪裡有這股勇氣，足以抵抗老領家媽媽的權威，也就只好任他們掇弄。將她打扮成花姑娘一樣，每天每晚由一般夥計們娘姨們擁護著，帶著個老琴師，不論暑天炎日，三更半夜，下雪刮風，總是顫巍巍地輪流不息出堂差。

這樣糊裡糊塗莫名其妙的堂差，出了足夠一年多。到一處唱一處，唱得越好，叫條子的越多，出堂差的人越忙。她忙極了的時候，忽然大悟，覺得她的人生問題中不可思議的謎，居然有了答案。原來這位老領家媽媽買了她來，是專門唱曲子給人家聽的。她在酒席筵前常常受客人的侮辱和玩弄，也覺得她的生活是無意識，而且她的人生觀念也非常煩悶；但是音樂和歌唱，究竟算一件優美高尚的藝術。一部分雖說不願意唱給人家聽，一部分卻在那高唱入雲的時候，自己對自己得著一個很大的安慰。她唱得高興，自然就會自己安慰自己，說這是唱給我自己聽的，或者是師傅聽的，再或者是鄰座姊妹們聽的，他們都道好，她自己也覺得真不錯。老琴師鎮日價跟隨著，每拉一次胡琴，聽他唯一的心愛的徒弟唱一折青衣，便可同時得著客人一元大洋的賞賜，也覺高興異常，承認這種生活合於人生正義。倘使這種生活能夠多延長幾時，這位阿媛和這位老琴師，對於他們的人生問題上，總算沒有多大的缺憾。但是宇宙間的謎是猜不透的，未來的人生是越發不可思議的。世界上社會上人的生活，是一天不如一天的。

果然，這阿媛的歌劇藝術完成了，她的身體更出脫得美麗了。天下絕沒有那樣的瘟生嫖客，肯跑到堂子裡誠心誠意去崇拜一個倡妓式的女子藝術。自然就有那些腦滿腸肥飽暖不過的大少爺，要在這盛名之下藝科名妓的潔淨肉體上，費一番鑽營的工夫。那位老領家媽媽不懂得什麼叫做女子的貞操，更不懂得什麼叫做藝術家的人格。她只知道倡妓賣身是法律上許可的商業買賣行為。這第一次原封未動的肉體買賣，彷彿像市面上流行的交易所頭批股票，有些奇貨可居的性質。站在交易所拍賣的場中，誰出得價錢高便賣給誰。自然也就有那般性欲上的奴隸，被性欲驅遣著，拿出他先人或自己造孽上積來的錢，紛紛向這位老領家媽媽的地方，踴躍爭先的來投標競買。結果有一位軍官大爺，在那國庫支出的兵餉內克扣了一筆，約末有五千多銀子，悉數拿出來孝敬這位老領家媽媽，便如衝鋒陷陣慷慨赴義的一般，得了這注頭標，足夠北京全城政學軍商各界的冶游家，不約而同的發生一種羨慕和妒忌。

不好了，天也黑了，這位軍官大爺喜氣重重的來到阿媛的房中。在這慘澹無光的電燈底下，擺著一臺盛筵，鄰近的梳妝臺上點著一對大號龍鳳喜燭，照得人腦子痛。許多幫閒湊熱鬧的朋友，擠滿了一屋子。明明當天晚上要出一件很重大的事情，老領家媽媽滿面春風的在那裡忙著招呼客人；夥計娘姨們知道有筆賞號的財喜，也在裡裡外外跑得格外起勁；同院姊妹們聽著風聲，看見阿媛房外的紅色彩綢，也在那裡紛紛議論，說短道長。就中只苦了阿媛一人，知道有些不妙，卻又說不出個所以然來。有許多的客人和姊妹們向她恭喜，又拿種種不入耳的話來取笑她，只急得她又羞又怕。明知道門外的天老爺是不管這閒事的，只好悶坐在桌子邊，低著頭將一雙眼釘牢在地板上，希望地底下顯出個地獄門來，讓她鑽了進去。但是地底下是不會有門的，只索忍耐著性子，坐在人間地獄中，任憑這一般狗男女的戲弄。她雖然也曾唱過一支曲子，她也不清楚她唱的是什麼，大概是哭不是唱也未可知。她唱完了的時候，那老琴師得著一個很沉重的紅封包，道了一聲謝，便提著胡琴出去。她恨不得一把將他拉住，叫他救護著她一塊兒走。他頭也不回就走了，他也沒有法子可想。後來接二連三的人都走了，她對於不拘何人的走，都想拉住。到了最後她卻未曾拉住一個人，而且她也沒這勇氣敢去拉。等到人都走盡了，單單剩下阿媛同那軍官大爺。想他不走的人都走了，想他走的人他偏偏不走。事已至此，還有什麼話說，只好聽天由命，任憑那軍官大爺擺布，彷彿是他的俘虜一般。究竟這天晚上阿媛受了些什麼痛苦，得了些什麼教訓，動了些什麼感觸，連做小說的人都不知道。因為做小說的人是個男性，更不曾做過倡妓，哪裡知道這裡面的事，只好淡淡寫上一筆「一宵無話」。

等到第二天，阿媛的房中還在那裡擺酒慶賀。可憐那阿媛自從經過這宵的痛苦、教訓和感觸，越發怕得吃緊，羞得厲害，連房門也不敢出一步。見著人總是低了頭，就是她的老琴師來了，她也不敢望他一眼。老琴師拉著琴，輕輕的問她唱什麼，她也輕輕的說了一句，就此唱起曲子來。剛剛唱了兩句，這老琴師點了點頭。我們做小說的人不知道的事情，他從聲音上聽出來了。他一邊拉著琴，一邊想起昨宵的事，怎麼只隔了一夜的工夫，她的噪音就變了。女孩子家成了人，卻與聲音發生變動的關係。這種變動，簡直把一個女藝術家的天賦歌喉，由清脆變成了粗濁。咳！這個天生的女藝術家，給昨晚一宵輕輕的毀了。可憐她人生問題中兩個重大部分，貞操和藝術，都被萬惡的金錢斷送給那軍官大爺了。老琴師在窰子裡跑得勤，對於貞操問題，或者沒有精密的研究，但對於藝術觀念，非常清晰。這樣嘔盡心血辛辛苦苦教成的女弟子，便斷送在昨晚一宵，也不覺暗地裡嘆息幾聲。

自從這老琴師，對於他的女弟子發見了歌喉上疵點以後，從這第一次不滿意偶嘆其氣的底下，阿媛的賣唱生活，一變而為賣皮賣肉的生活。那位老領家媽媽自小沒做過藝術家，不懂得藝術的真價值，不知道藝術家歌喉比皮肉值錢，硬逼著那位女藝術家犧牲她的藝術和歌喉，專門去幹那赤裸裸的直截了當的肉體營業。今天生張，明天熟魏，只要賣得錢出，多換幾個生客人，進賬反格外的加多。於是阿媛的乾淨身子，被他們活生生地糟蹋得不成人樣；那噪音不消說得，自然也是一天壞似一天了。雖說阿媛肉體上受的痛苦只有她自己知道，然而她藝術上受的挫折那老琴師卻十分了解。這樣鬧了半年，每逢阿媛噪音敗壞，從胡琴上的高調門跌下低的調門一字或半字的時候，老琴師總加倍的嘆息。在這嘆息聲中，看了看阿媛憔悴的面容，回想起從前，天真爛漫緊偎著膝前張著臉問詞的情形，曾幾何時，便到了這般田地，不由老琴師一陣陣地心痛。天可憐見，老琴師辛苦一生，只歡喜這個女弟子，也就只教成這個女弟子，眼睜睜看她毀了，他的希望也就完全斷絕了。阿媛一天一天病著往死路上走，老琴師也就傷心著老得不成樣子。他如今才知道倡妓這個玩藝，不是人幹的。可惜他沒有權力能阻擋這件事。

有一天晚上，阿媛房中又輪著這位軍官大爺請客吃酒。他老先生畢竟是個軍人，十分勇敢的在阿媛身上搶了個先鞭，開了個先例，領著頭讓許多人來蹂躪阿媛。他還自鳴得意，以第一開山祖師自誇，算得是阿媛處所的老前輩，足以表率一世，耀祖揚宗。所以他不斷的還來重溫舊夢，多所報效。恰巧這一天阿媛病得十分沉重，她常常的痛定思痛，覺得她一生的惡運，都打從這位軍官大爺而起，平素對著他又怕又恨，從不正眼看他一下，當自己是個行尸走肉，任他播弄。這晚坐在筵前，老琴師拉開胡琴，她就隨便唱了一折，聲音唱得很低。軍官大爺大不滿意，說她從前唱得是何種好法，今日為何如此偷懶。卻不知道她的唱工敗壞，都是他自己的罪惡，他反吆喝著再唱一折。於是阿媛出於萬不得已，又力竭聲嘶的勉強唱了一折。他聽了更不痛快，以為這個姑娘人人知道是他的相好，他出過五千元肉體的代價，就為她的唱工好名氣大。如今當著許多朋友面前，唱得這樣壞，豈不坍了他的臺，被人笑他當初花了冤錢。於是暴跳如雷，還要阿媛好好的再唱一折。阿媛這時已經萬分支持不住了，心裡一陣難過，便大大的發一個狠，向老琴師道：「拉反二簧，唱《六月雪》」，預備唱死他。老琴師垂頭不語，也就一絲沒氣的慢慢拉起反二簧的調子來。阿媛剛剛唱了一句，在那尾音上一口氣接不上來，心裡一急，哇的一聲吐出一口鮮血來。恐怕被人看見，一隻手用手巾遮住嘴，一隻腳便在地毯上亂擦，想擦碎那塊鮮血。老琴師一清二楚的看在眼中，心裡如刀割的一般。蹦的一聲，——上帝呀，他看在上帝的面上，拿出一百二十倍的勇氣，做出一種有重大價值的破壞——是世界上公理、正義、人道所許可的——哎呀，這老頭兒老淚交流，下了一個決心，把他恃為生活的一根琴弦，竟故意兒弄斷了。

一時萬籟無聲，老琴師抱著他那把斷弦的胡琴，顫巍巍地坐著。阿媛不知就裡，躲在一旁咳嗽。軍官大爺說：「怎麼呀，弦斷了，接了弦再唱。」老領家媽媽急忙跑過來，叫了聲師傅，快點兒接了弦再拉。老琴師發出一種極悲慘的冷笑，輕輕說道：「這是要人性命的勾當，我老頭子不幹了。」把胡琴往地上一扔，立起來就走。

阿媛看見老琴師走了，她明白老琴師扭斷琴弦的意義和這破壞的價值。想了一想，她也不要活了，哭嚷著把頭往桌子角上碰，登時倒在地下，口裡只吐鮮血。那把斷了弦的胡琴，恰巧也臥在她的身旁，依然陪伴著她。老領家媽媽又氣又嚇，渾身發顫，將阿媛抱起來放在床上，如死尸一般。這是老領家媽媽她四百塊錢買來的奴隸和貨物，也是那軍官大爺五千元交易得來的戰利品，如今成了這個樣子。她那吹彈得破千嬌百媚的容顏，到哪裡去了？她的霓裳羽衣妙舞清歌的藝術，也完全喪失得無影無蹤了。老領家媽媽是一個窰子裡面的資本家，軍官大爺是一個經濟作戰的戰勝者，如今奴隸和俘虜都被老琴師那根斷弦輕輕的將她解放了。他們坐在房子裡，一對狗男女總算是都失敗了。那個拚命的可憐蟲，眼見得要博個死亡的最後之勝利。這位老領家媽媽，還得假意殷勤安慰這位有經濟權威的軍官大爺，說這孩子大約是喝酒喝得太多，有些兒醉了，得罪了你大爺，千萬別要動氣，明日就會好的。軍官大爺一口悶氣沒得出路，只好拿那老琴師來臭罵，說這老該殺的瘋了，叫夥計們攆他出去。隨後夥計們進來，撿拾起那把斷了弦的胡琴，出去往垃圾桶一丟，惡狠狠望著老琴師，說結了罷，你還配拿這個玩藝嗎？

老琴師跑出院中，還在那裡痛苦流涕的直嚷，說他們在那裡殺一個無罪的人，我救不了她，我也不能眼睜睜的看她死。完了，完了！我不幹這個造孽的事，不吃這門害人的飯了。說完就此出去，便沒人知道他的下落。至今夥計們還在閒談，說他這個人一塊錢一曲的胡琴不要賺，敢莫是真瘋了……上帝呀，這樣的人算是瘋了嗎？至於那位喝醉了酒的阿媛，究竟她後來醒了沒有，大概只有那位死神爺爺知道，在下做小說的也打不出個交代來。橫豎造物不仁，以萬物為芻狗，她這樣醉死了的人，窰子裡多得緊。我懶得傷心，便再也不寫下去也。

倡門之子

一間很平常很陳舊的房子，很守秩序的排列在一條弄堂裡。每天在午後一點鐘以前，絲毫沒有動靜。兩樓兩底擠滿了一群男女，都還在那裡做溫暖香甜的好夢。朝著外邊的幾幅玻璃窗滿被簾幕遮掩著，也不知裡面究竟埋藏了些什麼，連烈烘烘的太陽，清甜甜的空氣，都不願意去偷看它。等到鐘聲璫的一響，到了午後一點鐘了，這裡面的人慢騰騰地你推著我，我喚著你，和出洞的鼠子一般，打從朦朧中逐漸扒了起來。這一起來，大家都很忙亂。樓梯上發現了足音，帳子裡面一個個在那裡嬌聲咳嗽。接著幾個蠢笨的老媽和瘦弱的小女孩，提上一兩桶水倒在各人房裡面盆、腳盆裡面。有幾個面無血色蓬著頭髮的婦女，披些破舊短小的衣裳，一絲氣力也沒有，卻在那裡一搭一搭的梳洗。不多時都梳洗停當，各人身上的外表全洗得很乾淨。只是太陽照不進，空氣透不入的那些屋子，隨便怎樣總滿載著悲慘的意味。黑暗的光景，垢污的氣息，不知從何處洗滌起，而且越洗越覺得水的濕氣黴著發臭。

卻也奇怪，只黃昏過後電燈一亮，便把悲慘、黑暗、垢污三種現象一齊驅去，照出那太陽所照不出的光明來。樓上樓下一群很奇怪的婦女，一個個被電光掩映著，都是珠翠滿頭，綾羅被體，打扮得嬌紅嫩綠、花枝招展一般。那咳嗽嬌聲，淡黃苦臉，一齊都沒有了。

相幫的夥計們忙著收拾一間大房，梳妝臺上現放著一對大蠟臺，插上一對紅燭，還未曾燃上。銅床的當中，也鋪擺著鴛鴦繡枕、朱紅大被，疊得連一絲皺紋都沒有。帳沿上和電燈泡下所繫的茉莉花球，賽著往外噴香。引了許多姊妹們都來參觀，說了許多羨慕和賀喜的話。一時另有一個相幫的拿進一束紅綢子來，在梳妝臺掛了一幅，在房門口又掛一幅；出了房，下了樓，在堂屋裡也掛上一幅。但是這間堂屋太不講究，幾張破爛椅子板凳亂擺放著，一張舊方棹漆都磨光了，現出洗衣服時候留下的白色水痕。四壁的石灰牆時代久了，漸漸變成黃色，被幾張舊報紙和兩塊最粗劣的圖畫不規則的亂貼著。若是和那間臥房打比，那是一間花紙裱成、陳設精雅的好像天宮，這卻又像是一間破落的門戶，混在一起簡直有些不稱。但它也很平等的同樣掛了紅綢，這也沒甚可說。再一跑到大門外，卻又電光耀眼，掛上好幾塊大大小小不齊整的金招……哦，這不是人間地獄，卻明明是一家妓館。看這般光景，似乎今晚還有重大的事故。

這重大事故就出在樓上那間擺大紅蠟燭的屋子裡。這一輩奇怪的婦人當中有一個垂髫女郎，年方一十六歲，起初本是鄉下一個女孩子，被這很肥胖的女主人花四百隻洋買了來，教訓了一番，打罵了幾頓，請個拉胡琴先生教給她些曲子。教得會，就阿媛阿媛的喊著她，甚是喜愛；若是有些不會，巴掌大的耳光就敲上去，倘若再有些個強，不論六月炎天，拿煙籤子燒紅，往她身上亂戳。可憐她身上也是爺娘十月懷胎生下來的肉和皮，平白遭些磨折。三年訓練出來，她嘻嘻哈哈忘其所以，跟著人學倡妓的勾當，居然就成了一個小婊子，在這倡妓群中廝混。但她現在還是一個處女，出脫得十分美貌，雖也與平常倡妓一般，卻是她的身體，總還算是純潔無疵，沒有拿來當商品賣。這一宵，這肉體上的買賣開市了，被一個少年公子王一庸投了一注很大的標，便與鴇母訂下口頭契約，實行來接收這垂髫女郎名喚阿珍的這身肉體。

這番舉動在實質上雖是買賣行為，但是在外表上張燈結綵，把一間臥室鋪設成洞房一樣。檯子上照樣點起大紅花燭。一群男男女女也忙著在那裡喝喜酒。樓下堂屋裡也有一班清音在那裡吹吹打打。這與尋常人結婚的熱鬧究竟有何差別？況且王一庸同阿珍兩個人大家並不是陌生的人，認識了許久才定奪這番大事。各人心裡都是千肯萬肯，沒有絲毫勉強。這更像是自由結婚，是文明的舉動。夜深了，房門一關，大家睡在一個床上去。阿珍就登時由女郎變成婦人，這尤其是平常夫婦之道。在枕頭邊王一庸許了好些心願，說了好些美言，要把阿珍接回他家裡去，這又明明認阿珍是他的妻子，差不多就同結髮一樣。阿珍既把自己乾淨身子交給了王一庸，又聽了這許多白頭偕老之言，也一心一意的自己安慰自己，說像我這樣做夫人也做得過，絕對不肯認做短期交易，是倡妓買賣的行為。兼之再從生理上講罷，阿珍此時把身子只交給過一個人，未曾受旁人的蹂躪和玷損，按著中國婚姻條件上說，她也能照常受胎生子，盡那婦人們對於家庭傳宗接代做妻子的責任。倘若不信，那大蠟燭和紅綢綵都能與她擔保作證的。

過了些時，王一庸覺得這是嫖倡宿妓的玩藝，有錢到處可以嫖，姑娘們比阿珍還好的也多得多，作興還可以尋個清倌人來，再點一回堂子裡的大蠟燭。家庭裡的婚姻在法律上不許重婚，堂子裡點大蠟燭可以一點再點，只要大爺們有錢，一樣的玷污人家處女，在堂子裡就比家庭中鬆動得多，不受法律何種制限；而且法律還許可這種行為，絕不保護那做倡妓的處女身體。那王一庸明白了這許多法律門道，又哪肯在倡妓中講什麼愛情，老守著阿珍一人。只是王一庸的情根搖動了，那阿珍腹中一線愛根卻萬分搖動不脫，並且結下了一種惡果，與平常做人妻的一般，居然懷胎受孕起來，這一下把阿珍害苦了。一兩個月的光陰過得恁快，怎麼不知不覺的好生生一個姑娘就會懷孕，除了渾身發軟不算，還吃不下食物；就是吃了也想嘔吐。問了問人，這就是懷孕的證兆，是萬般可靠的。阿珍是頭一次破天荒遇著這件事，說不出的奇怪和害怕，但她卻也有平常婦人們一樣見識，又覺得婦人生子是一件傳宗接代的大事，便不禁又暗暗歡喜。

在一天晚上，她把這個很奇異的消息告知王一庸，叫一庸趕快把她接了回去，免得他的親骨肉竟產生在倡門裡面，被社會上人瞧不起，教這孩子將來不好做人。王一庸聽了吃一大驚，暗想此禍非小。從前答應娶她回去不過是一時高興之談，明知家中父母是不能答應的，而且自己近來也並沒打算這樣辦。前兩天看見另一個妓女比阿珍還美，正在轉念想跳槽。豈料阿珍這裡竟發生出這樣大問題，要他立刻辦嫁娶的事。他在那不能辦、不想辦的主義上，發出一番議論來敷衍著哄騙著阿珍道：「你懷了孕，我是很歡喜的。從前答應接你回家去住的那句話，自然也是算數的。只是家中父母不肯娶一個妓女來做媳婦，目下正託人去勸著，你耐煩等一等罷。或者生產過了以後，回去也還不遲。」阿珍此時愛王一庸的心很專，信任他的心也很誠摯，簡直和愛戀自己丈夫信任自己丈夫一樣。見他說得也還有理，便也含糊答應，不過心裡煩悶得很。既然替人家懷著一個後代在肚子裡，還老蹲在堂子裡面，這算是怎麼一回事。

那惡辣的鴇母此時也得著這個消息。以為妓女們在紅的時候嫁人，或是產子，都很妨礙她的營業。便悄悄地與阿珍講道：「女人生兒子是一件最痛苦的事，未生的時候懷著一個大肚子，行走都不方便，想出去玩耍玩耍都不行，簡直要把人悶死；等到要生了，那痛苦尤其說不出來，十有八人要把性命送掉。我看還是吃一帖打胎藥打了下來的痛快。」阿珍一想，我正要憑著這肚子去做人家一房太太，彷彿醜媳婦見公婆的見面禮一般，哪肯輕輕將他打掉，耽誤自己的前程。況且做母親的愛兒子，出於天性。從肚裡就愛起，也萬萬不忍還未見面就去殺他。於是毫不客氣就拒絕了鴇娘這番忠告。鴇母覺著沒趣，便要來強迫她，甚至於要動手來打。阿珍急了，便大聲嚷道：「你們真敢在這青天白日之下打胎謀命嗎？」鴇母怕嚷出事來，這才罵了開去。

這一晚王一庸來了，阿珍便把日間所受的委屈哭訴與一庸知道，硬要立刻往他家裡去，父母不答應她願意跪著去求。王一庸此時看見阿珍逼得狠了，有些厭煩，便老老實實的對阿珍說：「這事萬辦不到。」阿珍聽了如冷水澆頭一般哭著向一庸道：「你答應我的話能夠不算數，你糟蹋過的了的身子難道也能復原嗎？」一庸冷笑道：「那是我花了錢買著玩的，與你們這樣人說話，左不過是打哈哈，誰還認真哩。」阿珍一聽才明白她自己所處的地位，在當初失身的時候，雖說是和尋常人家媳婦一樣點花燭，卻是做倡妓的只能說是肉體上的買賣開市罷了，但那王一庸不該這樣哄騙她。想來想去覺得希望斷絕，便扭著一庸哭鬧起來，如同瘋人一樣。鴇母及一干人等聽見，跑來勸開。王一庸還發些嫖客脾氣才走。

鴇母趁此機會跑到阿珍床前，把她扶了起來，好言安慰著，並重新提起那句打胎的舊話，說道：「王大少既然負心把你棄了，你還替他留的什麼後代？不如省些麻煩，早點把胎打了罷！」阿珍道：「腹中這塊肉我也有一半的分，我總想把他生出來，看看是個什麼樣子。」鴇母見阿珍還是不依，依然又來強迫。阿珍是有氣的人，便索性與她拚命。鴇母無奈她何，冷嘲熱罵一頓，說太太做不成要兒子何用。阿珍聽著傷心，不去與她爭辯，也只索忍耐下來。

後來王一庸很斬截的不來了，關係著鴇母的營業問題，和阿珍的生活問題。阿珍只好拚著糟蹋自己身子去接旁的客。可憐她未失身以前身體是乾淨的，雖說有倡之名，並無當倡之實；自從被王一庸玷污了拋棄了以後，才實行去賣倡接客，這不明明是王一庸害她當倡的嗎？她一邊咬牙切齒的恨王一庸，一邊想想自己的前途危險，便發了一個狠拿出些當倡的本色來，花言巧語籠絡著幾個客人，暗地裡很賺了幾筆纏頭小費，替自己和未來的孩子留些準備。

有一次鴇母買通一個醫生，開下一張方子，用了幾味打胎的藥，勸她吃，說這是安胎的。她也機警得很，拿出方子交給一個客人看，那客人便與她說明，勸她不可服用。她啼哭著在那裡自傷身世，那客人不忍，又拿出一筆錢來，抓著鴇母這點錯處，硬逼著鴇母准許阿珍贖身。阿珍就從此自由了。這也是阿珍受過很重大的刺激，得了很重大的覺悟，才苦心孤詣和環境奮鬥，得下這般結果。等到贖身之事辦完，就另外租了一間小房子休息著等候生產。

十個月後，這不幸的倡門之子出世了。穩婆和娘姨們忙亂著，說還是個男小官呢！阿珍伸著頭睜著眼去瞧，果然是一個很肥胖的孩子。好幾個月想看見的人，今天居然看見了，心裡不免一喜；但是想起這幾個月的千辛萬苦，好容易才留下他這條小命，又不免一陣傷心。等到百日滿後，阿珍身體已經還復了健全，那孩子也越發長得可愛。阿珍此時更覺得人世上做母親的有了兒子的樂趣。但這是一個被父親拋棄了不要的苦兒，將來他一切教養責任都要她母親的一人擔負，她雖說是與平常人家一樣的做孩提之母，究竟是一個倡妓，除了做倡妓以外，又沒有別種生活能力，足以教養這個孩子。腰包裡的錢看看快沒有了，別的事體又幹不來，這個可憐的母親於是再為馮婦，依然進了倡門。

那王一庸嫖得很熱鬧的時候，聽見人說阿珍又掛了牌子當倡，並曾生過一個兒子。知道這兒子是他的，良心上覺得有些對這兒子不起。旁的人也勸他將兒子收回，免得自己骨肉飄流在外被人家笑話。他為了這社會上的面子問題，就跑到阿珍那裡想要索回他的兒子。

這是他們兩個人愛情決裂後第一次見面。王一庸跑去的時候，尚在未上燈以前，因為這個時候好多說話。那倡門中的房子也還是那麼樣守秩序的等候著，玻璃窗上的簾幕也照舊著遮掩得很嚴密，始終不許太陽和空氣進去。可見倡門景物是永遠沒有絲毫更改。只是阿珍那一間熱鬧的臥房此時卻大大變了一個樣子；梳妝臺上的花燭連影見都不見，床上頭的鴛鴦枕被也褪了鮮紅顏色。阿珍在床上扒了起來，也與平常妓女一樣嬌聲咳嗽幾回，亂蓬著一堆頭髮。偷著窗簾外一隙的微光，細看看她生過兒子的婦人，也很平常的變成淡黃苦臉，沒有一絲血色。回想當年她是一個很嬌豔很美貌的垂髫女郎，哪裡是這般光景？

王一庸很平常的坐了下來，心裡也毫無絲毫感動。倒是阿珍一眼見了他，前塵舊恨一一湧上心來，不由腦筋一陣發昏，氣吁吁的說道：「王一庸！你害得我這般好苦，今日還來做甚？」一庸道：「聽見你生了兒子，特來看望與你。以前的事我有我的苦衷，因為家裡不肯，所以我才對不起你，也得請你原諒。」阿珍冷笑道：「你既知道家裡辦不到，便不該對我說假話；雖說我是做倡妓的人，身子總得交給一個人。也或能碰見一個有良心的，便在破身以後娶了我去。或者你老實告訴我，只能取樂一時，我念在命該如此的分上，答應供你一時快樂；也好叫我死心塌地，免得害我癡心妄想，遭人恥笑。你如今既害得我這樣，你還有什麼話說哩！」說完不覺流出淚來。一庸道：「算了，不用說了以前的事，就算我錯也行。請你如今把孩子交給我，我好帶了回去撫養。這是我的骨肉，我不願見他長在這倡門中生活著，想你也必然沒有什麼不贊成。你如要錢，我也還可以再送給你些。」說著隨即拍了拍腰包，顯他自己有錢；並露出些不耐煩久候的神氣，巴不得簡單把此事辦了，好去趕今晚上別一家堂子中的酒局。阿珍氣得臉上發青，發出很悲慘的笑聲道：「王一庸……你在這裡做夢哩！你既然拋棄了這孩子的母親，嫌她是個倡妓，不能做你的妻室，這倡妓生下來的兒子你要他何用？」一庸不知此話的輕重，還搶著道：「那是我的骨肉呀！」阿珍道：「哦，你的骨肉就是人，便應該接了家去，我們做倡妓的就不是人，便應該拋棄在風塵中受苦？像你這種黑良心，連孩子的面都不給你見啊！」一庸見阿珍這樣奚落他，又動起氣來，疊一連三吆喝著，硬要他的骨肉。阿珍便又說道：「你要你的骨肉，你早就該要，為什麼從來不肯過問？可憐那時我被你拋棄，絲毫沒有準備，好不容易才生出他來，沒被老鴇害死，可見這孩子是完全由我費盡心血保護下來，與你無干。請你快離開我這地方罷！」一庸見事不行，又和前番一樣，發了一頓嫖客脾氣走了。

第二天王一庸越想越不服氣，便想與阿珍打官司，或是雇幾個流氓把這孩子搶了來。阿珍聽見這個消息，也絕不肯將孩子鬆手，便連夜收拾些包裹，帶著孩子不知逃到何方去。只因為他有生以來，只有和王一庸恩愛的那幾天，是一生最愉快最有幸福的時期；雖說王一庸後來對她不起，但攔腰那一段事，總永遠印在腦筋裡。可憐癡心妄想了許久，只剩下這個兒子，便把這兒子作為這場情史的寶貴紀念品；況且母子們相依為命，受了許多辛苦，遭了許多磨折，又哪裡肯輕易把孩子送與那痛心疾首、情感已傷的王一庸？所以就很堅決的帶著兒子逃跑，從此天涯海角，飄蕩無歸，還有最悲慘的一幕哀劇在後來哩。

二十年後，王一庸卻還時時在社會上胡撞，並未曾宣告失蹤。但是二十年光陰箭一般過去了，他也有老的時候，不像少年時代嫖倡宿妓那樣有勇氣了。也沒有許多精神常對倡妓們說賭話，就是肯說，容貌老醜，不足以動人，也沒人肯相信了。他嫖的事業既已告終，卻無端的鑽營了一個官做，開始了官的生活。這年他在一處鎮守使衙門當了一員執法官，只因為他少年時懂得嫖雛妓不犯重婚罪的法律，所以就做起這執行法律的官來。有一天，他手下有件盜匪案子，按著懲治盜匪條例，歸於軍事範圍，法應槍斃，便把一個年方二十歲的少年犯人定成死罪。

執行死刑的這一日，王一庸擺起執法官的威風，和當年擺嫖客架子的一樣，親自監刑。只見一隊武裝嚴肅的兵，槍實彈，刀出鞘，吆喝著圍住一輛囚車，向法場走來車。車上用五花大綁綁住一個少年強盜，精力強壯，兩目炯炯有光，口裡唱著戲詞，絲毫沒有懼怕。引得許多如山如海的行人，搶上前去看，都稱讚他是個好漢。那王一庸呢，也興高采烈，騎著馬對人微笑。一干人也都羨慕他的威嚴，並且全知道這也是很重大的事故。

法場到了，時候也差不多了。犯人綁在對面一所土堆子上，他視死如歸，不准人拿布矇住他的雙眼。有幾個兵站在距離犯人百十步遠的地方，端著步槍，正在裝填子彈。王一庸也立在這幾個兵的後方，另一群兵保護著他。只要他下一個命令，便由那裝填子彈那幾個兵開槍將那犯人打死。那時太陽照在地上，血一般紅，空氣也帶著一陣血腥，土堆上很有許多從前遺留下來的血迹。王一庸生平殺人，看是怎樣殺法。前次在倡門中發狠，那是無形的殺人；這次當了法官，監起刑來，這是有形的殺人。他很平常的覺著得意，吩咐身旁一個護兵說是再等五分鐘，就開槍打死這賊。

忽然人群中發了一陣狂喊，一個蓬頭散髮的中年婦人，撞了進來。王一庸一看，這就是阿珍，當年問她索取兒子，她也是這副蓬頭散髮的模樣。雖說是二十年來未曾見過，已經老了許多，面目卻還與從前大致不差什麼。只見她不顧生死，跑到那少年強盜身旁，伏在地上將那少年抱住，一聲聲哭著叫她可憐的兒。那少年到此時也就顧不得充好漢，一頭倒在那婦人身上，也痛哭流涕的哭嚷著母親，母親！

王一庸聽得怔了，忙帶著人跑上前去問道：「你這婦人叫什麼名字？」那婦人頭也不回，哭嚷著道：「我叫阿珍，這是我苦命的兒！……」她真萬想不到王一庸會在這裡。王一庸便急急問道：「你哭的哪一個兒子？」希望她兒子很有幾個，只要殺的不是他的骨肉。阿珍又哭著道：「天可憐見，我只有這一個兒子呀！」王一庸更急了，便用手推了推阿珍道：「我要問你……」阿珍這才抬頭來看一庸，誰知一看也就認識了，便惡狠狠的說道：「王一庸，你怎麼也跑了來？」一庸顫聲說道：「我還是執法官哩！」阿珍瞪了他一眼，將這王一庸一把抓住，又哭嚷著道：「好呀，原來這姓王的執法官就是你，老實說，今天你所監斬的，就是當年你我生的兒子。」王一庸一聽眼睛一陣發黑，幾乎站立不穩。阿珍又搖著他的兒子道：「阿寶，你醒醒，來認認你這萬惡的父親。」阿寶也就看了王一庸兩眼，原來他父親就是這個樣子。

做小說的如今抽個空，把阿珍二十年來的經過，簡單表白幾句。原來她自從帶著兒子飄流在外，仍然以倡妓為業。那阿寶就自小得不著良好的家庭教育，況且成年同著一般下流社會中人廝混。母親又過於溺愛，自然就絲毫學不著好。在他十一二歲的時候，他母親阿珍為著不肯再輕信一個男子，守著阿寶不肯嫁人；又恐怕嫁了人，人家不要他這個拖油瓶的兒子，便寧肯由倡妓降為倡門中的娘姨，過那很苦的日子。阿寶後來長大成人，社會上都譏笑他，賤視他是一個沒有父親私生的倡門之子。他暗地問過母親，知道他的來歷，和母親的痛史。他也咬牙切齒的恨王一庸。又因為他刺激受得多了，便養成了殘忍的心性。一時得不著職業，被生活逼迫著，就入了強盜一夥，得了今天這場死罪。他母親是個可憐的婦人，養了兒子到這般大，已經是千苦萬苦，教得不好，卻不能怪她。他還有一個做官的老子哩。

阿珍一時又把前事想起，越想越恨，便上前扭著王一庸道：「你好，……你拋棄了我，害得我兒到今天這步田地，你還做著執法官，定他的罪，監他的斬。如今我們要死死在一塊罷。」說完，便與一庸拚命。一群兵把一庸和阿珍分別拉開。五分鐘也就到了，王一庸沒有這權力能赦免這死囚，況且在這紛擾之中，他也沒有半點主意，只聽得砰的一聲，他那做犯人的親生兒子就結果了性命。一個很強壯的死尸，睡臥在一大堆的血泊上，那就是王一庸常常所說的骨肉。如今他好容易認明白了這最殘忍的父親，就安然到別一個世界去了。阿珍看見兒子已死，在世界上做人的希望完全斷絕，一頭碰死在圍牆上。王一庸受了這種意外的重大的打擊，一時哈哈大笑，變成了瘋人了。第二天那瘋人院裡便添了第四十九號一席，他又沒有第二個親生兒子，就也並無有人來看望他，所以他往後的情形和結果，做小說也無從得知，不好怎樣寫法。

倡門之母

我為什麼要撰這篇《倡門之母》？

久來小說界描寫倡門的作品，如倚虹的《北里嬰兒》，如天笑的《金錢底下的倫理》以及我的《倡門之子》等等，都很熱烈的帶著咒詛的意義。想不到天笑向來下筆冷雋的，如今也熱烈起來。我這篇《倡門之母》卻另闢蹊徑，加些慈祥的色彩上去。於是倡門中也有倫理了，而且這種天性上的孺慕和卵翼，反較尋常家庭中更為真摯。雖說是倡門中的種種環境激促成的，然而倡門中照樣也能產生出賢母孝子來，概可知了。

海鳴

在倡門之中做嫖客要想少花幾個冤錢，而又嫖得很舒服很自在，那不是一件容易事，而且還要講究資格的。老鴇和一切助手以及很熟練的姑娘，對於一戶客人到來，都得加上很縝密的考察，並判斷這客人嫖倡的資格深淺如何。髣髴養馬的考究馬齒一般，分別出什麼老口和嫩口來，才按著倡家操縱嫖客的兵法，定下倡戰方略，以襲取嫖客們口袋裡帶來的金錢。遇見資格深一些的嫖客，便對他裝些貨真價實老少無欺的樣子，順便再巴結一陣，教他花幾個臺面上的面子錢，便大家客客氣氣的過日子。若是碰見那些初出山的鄉角老，或是乳臭未乾的紈袴子弟，便一齊欺他口嫩，滿不在意的對待他。這就好比是激將方法，一塊糖吊在你口邊上，卻不讓你吃，真教你垂涎著那塊糖的香味，癡心妄想，割捨不得，便死心塌地拿出大把的金錢來。但是錢越花得多，老鴇的錢袋越填不滿，那塊糖也越吃不到口；甚至於連一句好話都聽不著，一副好臉都看不見，可憐悉索敝賦，蕩產傾家，僅僅花去多少冤錢，還算便宜。有的弄成片面相思，火一般的熾，終日胡思亂想，未免指頭兒告了消乏；更兼幾回氣惱奔波，招些外感，就不覺心中發脹，口內無味，腳下如綿，眼底似醋，黑夜作燒，白日常倦，添上許多病症，不消半年工夫，便將一條小命斷送。雖說親戚朋友們背後談論，還嘆息這麼一個有用的青年，為何這般結果。那倡門中老鴇，卻依然一旁冷笑，殺人不怕血腥氣，還譏評這小瘟生死得活該咧！

閒話少敘，做小說的如今且介紹一位小瘟生與閱者諸君相見。這人叫做戚大少爺戚子歆，年紀方在十六歲以至十七歲之間，就居然要做起嫖客來。這個馬口也可謂嫩到極處了，只因他父親戚道平在北京現做著位置很高進賬很多的官，他隨官居京，現當著天字第一號的大少爺。只要學校裡功課剛剛完畢，或是放假的時候，便與那些身分相同、氣味相投少爺隊裡的朋友，慢慢學會逛起窰子來。他父親忙著做官，沒有閒空操這分心，底下人巴結少爺，又通同替他瞞著，賬房先生是管銀錢出入的，他去許些回扣，報些花賬，便也很容易的騙得著錢。橫豎他父親的這些冤枉錢也是騙來的，再由大少爺轉騙一些去胡亂使用，也不見得怎樣肉痛。

但是戚大少爺花錢的目的是在看中上某家清吟小班裡那個姑娘紅寶玉，想拿出錢來辦一個交換條件，讓那紅寶玉留他住宿，滿足他肉慾上的希望。論理，他年紀輕，長得也還漂亮，又不是不肯花錢，這種不見什麼大了不得的希望，也似乎容易辦到。偏偏那紅寶玉有一個大塊頭的姆媽，一眼把戚大少爺看透，以為這個送上門來的小肥豬，不好好宰他割他，吃他的肉，喝他的血，還遲疑些什麼？便與女兒紅寶玉暗地商量，如此如此，這般這般。那紅寶玉呢，年紀雖也不過十八歲，然而已飽受過七八年的倡門教育，被那大塊頭姆媽薰陶感化已漸漸把人心失去，弄成像一個小狐狸精模樣，完全受那老狐驅使。教她吸人精血，她也去；叫她戕人生命，她也去。絲毫不辭勞苦，不怕罪過，很勇猛的去幹那些殘忍可怕的勾當。可憐的戚子歆年少無知，天堂有路他不走，地獄無門闖進來。眼見得就要成待死之囚，釜底之魚了。咳！這真是倡門中一件很慘酷的事。

戚子歆對於紅寶玉的報效，什麼打牌吃酒，花現錢送小貨，扯衣料置首飾，兌金串臂買金手錶，各色各樣的花頭，都已做盡。但是大海投石，影響俱無。紅寶玉對他總是冷淡得很。有一次他忍俊不禁了，一個人跑來問紅寶玉道：「你真能夠愛我嗎？」紅寶玉怔了一怔道：「像你這樣又很年輕又肯花錢的大少，我怎生不愛咧？」他道：「真的嗎？」紅寶玉笑道：「你小心眼真多，誰敢哄騙你啊。」他忽然忸怩起來，囁嚅著又問道：「你既然真愛我，為什麼老——老——老不留我在這裡住？……」紅寶玉望了他一眼，又沉吟一會，忽然拿手巾向眼圈子邊揉了揉，揉得紅紅的，再假裝嘆一口氣，然後低聲細語道：「我是早有這條心的，只因有我的媽在，我自己便做不了主……。」說完又拿手巾矇著臉，表示是在那裡哭，然而究竟也不知道是哭是笑。

少停外面喊有堂差，紅寶玉將戚大少推在一旁，立起身來說聲對不住，你坐一下等我回來再走，便大踏步出去了。換上那大塊頭姆媽進來，一屁股坐在沙發上，陪戚大少談天，怕的是冷淡了他。他想起紅寶玉適才所說的話，便又來質問大塊頭道：「你為什麼不讓紅寶玉喜歡我？」大塊頭哈哈大笑道：「你們兩家頭就本來很要好咧，我哪裡敢來管這閒事。但是大少不要罪過，我們阿媛哪曾不喜歡你。」他臉上鼓起青筋，忽地很直截了當的問道：「那麼紅寶玉為什麼總不留我住，這不是你要她如此的嗎？」大塊頭又笑道：「阿呀呀，……大少動氣原來為的是這個，但是你錯怪了我了，我們阿媛雖說是吃的這碗斷命堂子飯，然而心眼很高，總想找一個稱心的客人嫁了過去，把整個的身子交給人家。從來是不肯在堂子裡胡亂留客，白糟蹊了身子的。像戚大少這樣年輕有錢的人，是再稱心沒有了，你若能將她娶了去，什麼不好商量，又何必這樣性急啊？……」戚子歆一聽登時身子冷了半截，慢吞吞地答道：「不行，……我家裡訂的老婆還未曾娶咧，先討一個堂子裡的姑娘回去，我父母怎肯答應？……」大塊頭怕他過於失望，便又安慰他道：「既然如此，只好慢慢的辦罷。但是我們阿媛我千知道萬知道，她是喜愛你的，只要你有這條心，將來總有法子，我慢慢的勸她就是……。」便笑嘻嘻告辭而去。

過一會，紅寶玉回來，拉著戚子歆的手道：「累你等久了，有些厭氣嗎？……」他撅著嘴道：「你媽來陪我講了話的。」紅寶玉故意問道：「說了些甚麼咧？」他道：「她說你要嫁我。」紅寶玉把臉扭在一邊道：「我有這個天官賜──『福』──嗎？」他哭喪著臉道：

「不是，……是我沒這天官賜……。」紅寶玉上前來掐他的臉，嬌嗔著道：「你這小沒良心的，我早就疑心著你憎嫌我。」他急了，賭神發咒起來，竭力剖辯道：「我家裡不能答應我這件事，教我也是無法。……」紅寶玉哭道：「我不聽你這些瞎話，你原來只想圖一時快活的，我不能上你這個當。……」他於是更急得厲害，便嚷著道：「我若是欺騙你的，我明天就不得好死。」紅寶玉趕忙拿手巾堵著他的嘴道：「有話好說，為什麼死呀活呀滿嘴胡嚷，我的心都被你嚇碎了。」說著抱頭大哭。他反而忙去賠不是，便不敢再提起那住宿的要求了。十二點鐘後，他搭訕著告別回去。紅寶玉又叮囑道：「請你明天來，我慢慢的來試你的心，果然是真的，也慢慢好商量哩。」

戚大少走後，紅寶玉打電話找了一個客人來。這人年紀快到三十了，也沒有多的錢，大概是一個滑頭。只因紅寶玉愛他工架漂亮，不像戚大少那樣呆頭呆腦，便留在房裡過夜了。老鴇見那滑頭是著名的嫖光棍，奈何他不得，也不敢說半句不是。但是班子裡那些姊妹們娘姨們和一切相幫的，都在背後譏笑那戚大少是小瘟生，是大蠟燭，被那隔壁房間裡的三小姐也聽見了。

有一天晚上，紅寶玉房間裡擠滿了客人，沒有戚大少的坐處，便在隔壁三小姐屋子裡借屋子，將戚大少硬攆到那裡去，算是給冰振過的冷板凳與他坐。由一個老醜的北京老媽子，呆板板的陪著他。恰巧那位三小姐閒著無事，正獨坐在紅木檯子旁邊玩撲克牌，聽說隔壁把那位戚大少讓了過來，心想這個小瘟生好玩得很，便不由的舉頭看他一眼。

哪知這一看，登時叫三小姐心裡卜卜亂跳，暗想這個小孩子為何這樣面熟，哪裡看見過嗎？……那時桌上有面小鏡子，便自己照了照，再又去看戚子歆，……這越發奇怪了。圓圓的眼睛，高高的鼻子，長長的臉，怎麼兩個人有些相像？……哦，……他不也姓戚麼？霎時，心裡一陣觸動，便記憶起十六年前那一回事，越想越對，越看越像。……天呀！這莫非就是他嗎？一時芳心錯亂，說不出來是驚疑是歡喜，是憂懼是感嘆，只注定全神，緊看著戚子歆。那戚子歆咧，從百無聊賴之中，一眼看見這位半老徐娘，忽然心中也這麼一震動，便覺得三小姐特別的和藹可親，實教他發生另一種說不出來天性上的愛慕。

三小姐忍不住先開口問道：「這位少爺聽說姓戚，是的麼？」子歆很恭敬的答道：「是。」三小姐又問道：「府上是北京嗎？」……子歆又答道：「不是，我們原籍是浙江，上海也有房產。從前老爺子是在那裡住的，如今因為在北京做官，就到北京來了。」三小姐芳心一驚，忽然很離奇的問道：「那麼，你這位少爺今年貴庚多少啦？……」然而子歆並不覺得此問離奇，還是很誠懇的答道：「我今年快十七歲了。」三小姐在桌子底下拿手指算了一陣，重又仔細再看子歆一眼，面上忽然放出一種慈祥的光采來，便又招呼子歆道：「請你坐在這桌子邊上來，我還有話同你說咧。」子歆唯唯遵命便坐了攏去。三小姐又問道：「你們老太爺官印是哪兩個字，你能告訴我嗎？」子歆毫不猶豫的答道：「官印道平，別字松生。」三小姐聽見松生二字，恍如聽了一響春雷，不由渾身顫動，一把將子歆拉住叫道：「我的……」再四下一望，不便叫出來，便改口叫道：「我的戚少爺，你家的老太太還康健嗎？」子歆答道：「聽見我父親說，我媽是早已死了。如今公館裡那些嫡母庶母，都不是我親生的娘。」三小姐聽到這裡，再也忍不住了，眼淚如瀑布一般往眼眶外直流。然而還不敢相認，勉強用手巾揾住眼波，再與子歆說話道：「你這位少爺年紀輕輕的，就沒有親生母親來照管你，怪可憐的。但是你為什麼要到我們這個地方來胡逛啊？……」子歆的小小身裁被三小姐慈祥之光籠罩著，又聽了這一席溫和的話，心中也似乎得著什麼感觸，很守規矩的聽三小姐說。正想再談幾句，忽然紅寶玉房間裡娘姨闖了進來，將子歆拉走說，戚大少，本屋子空出來了，過去坐罷。子歆一邊走一邊還回頭看看三小姐，有些依依不捨的情態。三小姐含著滿眶眼淚，癡呆呆的看他出去了後，便跪在床邊上一頭倒在床中，橫躺下來，抱著一個繡枕，嗚嗚咽咽的真個哭了。

如今做小說的把三小姐身世補述一下：她自小就生長在倡門裡，十五歲那年在上海嫁給一個姓戚的客人，就是戚大少的父親戚松生，官印道平的。嫁了不多久就懷上身孕，十個月後生產出來竟是一個男小倌。怎奈戚松生在她懷孕時期中，嫌著自己寂寞，依然在外邊堂子裡眠花宿柳，把孕婦寂寞置之不問，後來簡直另外娶一個姨太太進來。她心懷不平，於生產後一百天便丟了那孩子，席捲而逃。

從此便在漢口、香港、廣州、天津、北京等處又做了十幾年的倡門生意。如今仗著一塊「櫻桃別墅」老招牌，在倡門中頗有些老名氣。雖說是年華漸要老大，三十二、三歲的人了，然而平日保養得好，鋒頭還是十分勁健。看起來也不過像二十五六歲的人，加之秉性聰明，談鋒很好，人人稱她做櫻桃諸葛亮。這又可見她在倡門中的聲譽和地位了。不想到風塵飄泊，十五六年忘記下來化作輕煙的舊事，此時竟一一勾上心來，看在眼底。那隔壁屋子裡伏几待割的小瘟生，人稱戚大少的，明明是他的親生兒子。從前年輕不懂事，使著一時之氣，將他輕輕棄卻。如今三十多歲的人了，倡門中這碗辛苦飯也不見得容易吃，將來年老色衰，倚靠何人？正在心中打算，如今現放著一個玉樹臨風很可寶愛的親兒子，頂好就是倚靠他了。然而自己淪落在這個所在，十六年前又是他們家裡的逃妾，就是拍胸自認說是他的母親，認明了後又怎麼辦呢？萬一叫這孩子被人譏笑，說他現放著這個一個現世的倡門之母，反而害他將來不好做人；說是依然到他家裡去罷，他父親未必肯再收留我這盆覆水。我也不能蒙著羞恥再去哀求他。……唉！……想不到我們母子相逢，咫尺之間還如隔千山萬水，不能明白認下。……再一想，……這個沒有母親的野孩子終日在堂子裡廝混，被人拿他當肥豬一般宰割，我做娘的能見死不救，任憑他將小性命都斷送在倡門中嗎？……天呀…我在倡門中作了一世的孽，如今我兒子也就在倡門中被人暗算，像我從前玩弄旁的瘟生一般，這才是現世報咧。如此看來，這倡門中還是人可以留戀的嗎？……又一想，……認我的兒子不認，還可以從長計較，如今須先從紅寶玉那裡將他救出來。……咳，……這也不能怪紅寶玉和他的姆媽，倡門中的人，是沒有不欺負瘟生的。

從此三小姐很注意戚大少的事，聽人背後罵他瘟生，心中非常痛苦。每逢戚大少到她屋子裡借坐片時，總拿好話來勸他，說堂子裡機詐百出，不是你這樣資淺口嫩的人所能逛的。

甚至於紅寶玉怎樣待他無心，要設計弄送他，也悄悄地與他直說。幸而紅寶玉房裡的娘姨未曾聽見，不致惹起是非。然而三小姐房裡的娘姨阿金，看著有些奇怪，心想我們小姐怎樣想勾引隔壁屋子裡一個小倌客人。……咳，罪過、罪過，誰知道他們是母子咧？

戚大少很願意與三小姐親近，也很願意聽三小姐的話，恍如一個小弟弟親近姐姐的一般。然而對於紅寶玉仍是執迷不悟，有一晚在紅寶玉房裡吃了一席花酒，把請的客人送走了，本打算賴在那裡。忽然紅寶玉打電話把那個滑頭找來，硬要戚大少騰房間讓他擺酒。戚大少發著少爺脾氣說不行。那僅僅隔著一塊布幔的滑頭大發雷霆，丟進一個茶碗，正打在戚大少腳邊，把茶碗打得粉碎；還氣噓噓的要闖過來與戚大少打架。可憐戚大少是偷著出來嫖倡的，年小勢孤，哪裡敢與人生事，一時又氣又嚇，渾身發顫，出了一身冷汗，連話都說不出來。由娘姨們做好做歹的，將他又扶進三小姐屋子借坐一回。三小姐在隔壁聽見那邊砸茶碗的聲音，恐怕戚大少吃了大虧，早已急得不知怎樣。好容易盼到戚大少過來，便也顧不得什麼，將他拉住讓他在沙發上歇息歇息；及至一拉住他的手，覺得四肢冰冷，再一摩他的額角，又火一般的燙熱。眼見得嚇病了，心中一陣痛如刀割，便也不顧避什麼嫌疑，硬將他扶到自己床中，拿被將他蓋上，一旁小心翼翼的伺候著。

三小姐坐在床沿邊，悽然雨涕道：「戚少爺，……我勸你好多次了，你終不信我的。如今該知道紅寶玉成心冤你了。可憐你這一個無母之兒，荒唐到這步田地，冤出去許多錢財不算，還氣壞了身子，病倒在倡門中，你叫為……」言下大概要說為娘的怎樣不傷心，然而終不曾說出來。那戚子歆此時受了重大刺激，想起三小姐從前的話，句句都是金言，更覺得天地間只有三小姐這樣一個慈祥可愛的人，真能衛護他，痛愛他。便從被裡伸出手來，攀住三小姐脖子，哭著說道：「三小姐……你真是我的世界上唯一可親愛的人，你如不嫌棄我這無母的荒唐孩子，請你認我做小弟弟，待我來叫你做親姐姐。……」三小姐聞言，想起自己兒子不認得母親，要叫母親做姐姐，這真令人感嘆不盡。便又哭道：「小弟弟，……慢說我做你的親姐姐做得過，就是……」說到這裡，又說不出來，倒在戚子歆身畔，兩個人一迭一迭唱和著，哭個不了。

這奇怪的情形被紅寶玉房間裡娘姨看見了，跑去告與紅寶玉，紅寶玉吃了一驚，連忙跑過來拉戚子歆說：「大少，天不早了，快回去罷。」三小姐站在一旁一言不發，戚子歆惡狠狠的啐了紅寶玉一口道：「滾你的，誰要你來管我的閒事。」紅寶玉沒趣，撅著嘴走了。再去告訴大塊頭姆媽說，隔壁老三把我的客人扣留在床上了。大塊頭一聽暴跳如雷，呪詛了一大頓，還氣鼓鼓的要闖過來，要將那戚子歆抓出去。

三小姐見事情鬧大了，拍撻一聲把房門關上，怕他們又來驚嚇戚大少，或是抓他來去，讓他吹了風。然而這樣一來大塊頭和紅寶玉越發疑心三小姐攘奪他們的人，便在門外破口大罵起來。三小姐聽不下去，急得只跌足道：「……唉！……我實說了罷，免得他們在那裡胡說。」

戚子歆嚇得縮在被窩裡，三小姐把他扶了起來說：「不要害怕，我還得問問你，你小名是不是叫春官。」子歆很驚訝的答道：「是呀，……你怎麼知道的？」三小姐嘆了一口氣道：「我老實告訴你罷，我就是你的親生之母咧。」於是慢慢把前事一一告訴與他，怎樣十五歲那年在上海嫁他的父親，怎樣十六歲那年生了他，怎樣他父親另外娶了姨太太，便氣忿著出了他戚家的門。……子歆聽了毫不懷疑，一把抱住三小姐道：「哦，……原來他們說我母親死了，是哄我的。我母親還在咧！……哎呀，……我的媽呀！……你這樣痛愛我，我萬分相信你是我的親娘。如今母子既已認明，……媽呀！……你明天還是到家裡去罷。……」三小姐搖搖頭道：「那是不能夠的，雖說是我從前離你家的時候只怪你父親不好，不該在我生產期內十分冷淡了我，然而我也做得太鹵莽了。如今我是一個窰子姑娘，哪裡還有臉到你家去做你的母親。……春官，……我的好兒子，你若是有孝心的，從今你聽我教訓，再不要到倡門中來現眼，為娘的就死也甘心了。天可憐見我們母子到底有個相見之日。從今為娘的也不能再吃這碗作孽的堂子飯，玷污了我兒，只好把頭上青絲剪去，到菴堂裡做尼姑了……。」說著真要拿剪子來剪頭髮，子歆一手攔住，跪在地下哀求道：「……媽……看在兒子分上，快不要如此。做兒子的好容易活了十七年，才看見我的親媽，往後一定要孝養你老人家。父親那裡由兒子去說，包管要他認下我媽；如是他不肯，做兒子拚著死也得要求他。媽若是不願意在家裡住，兒子願陪媽另外租一所房子，由我們母子二人住在一起，兒從此還得聽媽的教訓，再也不到堂子裡來荒唐，替媽爭一口氣。將來兒子成人了後，還要教你老人家享享後福呢。」

這些話句句打在三小姐心坎裡，非常愛聽，便把子歆攬了起來抱在懷裡輕輕的拍著他的胸口道：「我的兒，你若是肯養活著娘，娘就跟著你在一塊過日子。好在做娘的尚餘有一點私蓄，並不要你父親出錢，娘也能與你另外成一個家，好好的廝守著，將來我好靠你兒子的福。」說完，門外又越發鬧得厲害。三小姐惱了，從窗子邊叫娘姨阿金道：「你給他們說，戚大少是我十六年前的親生兒子，如今我們母子認下了。這事與旁人沒有什麼相干，他們不要來瞎纏了。」大眾一聽，這事新奇得很，便都默默無言。大塊頭和紅寶玉連叫幾聲觸霉頭，還冷笑著道：「倡門裡出了老太太了，笑話，笑話。」戚大少在裡面嚷道：「我不管那些個，我只知道他是我的親娘。」

第二天，子歆回去告訴父親，說自己的生母未曾死，現在一家倡門裡，要接了回來。他父親也是驚訝，跑來看了看，果然不錯，便與三小姐賠禮道：「從前的事，都是我不好，如今承你救了這小孩子，況且這孩子又離開不了你，我們戚家又只有這一脈後根，請你看在孩子分上回家去罷。」三小姐如怨如訴，微嘆道：「謝謝你，還肯要我。但是我委實沒臉再做你夫人，此後我只能承認是這孩子的母親，請你還是讓我帶了這孩子在一邊住罷。這個孩子你們也帶不好，請你放心交給我罷。」戚松生沒得話說，一一應允下來。

第三天，子歆匆匆忙忙租好一間公館，便駕著汽車在倡門中把母親接了去。這只能算戚大少奉養母親，並不能說是三小姐嫁人。閱者諸君，你看這回事有多麼奇怪咧。後來戚松生與三小姐的關係，因為有這麼一個孝心兒子從中調和，自然是仍為夫婦如初。那戚子歆呢，由他母親詳詳細細告訴他一些娼門中的弊害，便也再不敢嫖娼了。就是偶然出來，被娼門中人看見，背後紛紛議論，說這是娼門之母生下來的兒子。他聽見了有些刺耳，便也再不好意思到娼門中去了。

溫文派的嫖客

除夕的晚上，到處鬧著鞭爆的聲音，那些獨在異鄉為異客的人，感想上是很寂寞很無聊啊！

那年徐百川單身在香港作客，遇了這個除夕，滿肚皮的荒涼索寞，無處排遣。猛的想起一個女性的人來，而且這段奇遇的事實，還彷彿如在目前咧。

在前半月裡一家酒樓的廳中，有許多廣東朋友在那裡宴客，他便是客的一份子。似這種宴會，本是與喫花酒無異的，全都得叫局。廣東人自然都叫的是廣東妓女了。他不是廣東人，又在上海混得甚久，只想叫由上海遷來的妓女。前幾天他調查過，此地只有一家妓館裡有兩三個外江人。他也是早已一一領教過了，覺得平淡無奇，引不出什麼特別興趣來；更有一位懍若冰霜，使他得不著感情接觸的機會。那時胡亂把這幾個人的局票開出後，另一個廣東人說道：「我還認得一個外江妓女，卻單獨另在別一家妓館裡，叫來給大家看看好麼？」

恰巧另有一個外江客人正沒有熟條子，便就荐給那個人了。

少停，那個別一支派獨樹一幟的上海妓女翩翩來到，卻是一個長身玉立、面貌清癯的人。那一種風塵憔悴的顏色，很足以表現伊的年齡是在二十歲以上。既坐在那人身後，偏偏那人有點道學氣，將伊冷落在一邊。伊好整以暇，雖裝出毫不在意的樣子，百川他卻看不過去了。本著向來好管閒事的老性格，便毫不避諱的與伊一搭一搭寒暄問答起來。伊談吐上很大方。他又會說半生半熟的蘇州話，自然就談得很投機；並問明伊的名字是叫著香蘭。談了一會，伊一眼看見旁邊凳子上有張報紙，順手拿來，見是文藝欄刊著幾首平平仄仄近代詩人的詩，便一口氣哼了下去，與低聲兒唱曲子的一般。這一來使他驚異得了不得，真想不到這裡會有這種人才咧！當即忙問道：「你既會吟詩，必定是也能做詩的了。」伊微笑道：「做得不好。」他也忙陪笑道：「太客氣，改天把詩稿賞給看看好嗎？」伊也不推託，也不答應，說了一聲再會，就此走了。於是他就興奮起來了咧，暗暗歡喜著，這不是遇見了詩妓麼？就是在上海那種大的地方，都難得遇見的，何況是香港這種枯窘的地方。顛不刺的見了幾個，一網蒐羅了來，尚苦於沒什新奇的發展。如今既遇著了詩妓，還肯輕輕錯過嗎？

果然到了第二天晚上，就自行叫起伊的局來。而且這次的見面，就一遭生兩遭熟，輕容易便成了故舊呢。那「詩妓」兩個字盤據在他的腦筋深處，隨時隨地都發生一種不可思議的愉快。想找一個適當的名詞來讚嘆。這詩妓珍貴而難得的價值，什麼國色天香、梅魂菊影，全都不甚得體。只覺得這是千古以來難有的佳遇，三生中莫大的幸事。因有這種佳人出來，才陪襯出他是個才子；因有這種遇合，才使香豔詞典中那些風流佳話、風流韻事的話頭得有著落。不然，英雄無用武之地，天涯無同病之人，既不能為人生無益之事，又何以遣客中有涯之生咧？惟如此的片面發癡起來，一念既生，群靈盡蔽。即使伊不是詩妓，也非硬派伊做詩妓不可了。見面所談，故是以詩為前提。雖沒曾讀過伊的雅什，但一鱗一爪，由伊當面親手揮寫在局票背後的。筆壞得和掃帚一般，當然原諒伊寫不出好字來；然而筆意苗條，不能不認為是秀媚咧。稀稀落落幾個字，辨出來有的是霜，有的是葉，煞費苦心替伊拼摘起來，居然成了一句楓葉寒霜的詩句，又不能不說是吉光片羽，由此可以窺見一斑呢！似這樣求仁得仁，見智即智，古來的名媛才女，料也不過如此，還有什麼懷疑嗎？可笑他沒命的恭維著，連伊都弄得莫名其妙，也自以為足當詩妓而無愧了。此外又和聲怡氣問詢，伊的身世；此中人薄命居多，無一事不堪悼嘆。他既已先存一憐香惜玉之心，哪還愁沒有絮泊萍飄可憐可惜的資料？在他是借他人酒杯，澆自家塊壘。未必是真個關情，視人如我。然而伊卻已為他那種義形於色的神情所感動，不禁傾筐倒篋、剖腹見心，向知音者一吐為快了啊。再談到色相上，人之媸研，本無一定標準。色即是空，空即是色，尤其是一種幻影。平常情人眼裡出西施，既由各人眼光去看，他對伊已百般崇信，也自會刻意去尋找些美麗的部分來，滿足他審美的觀念，毋勞他人代為審定是美與不美。又何況相對論原理中天下並無一定是真美的東西。他就從此牢捉著伊，作為理想上唯一的美人，兀自經營他理想中風流自賞的事業咧。

這時在除夕上既想到了此人，情不自禁恨不得立刻又訪伊去。但這種想去的念頭，並不限於這個時候，是隨時都想去的，是很想與伊片刻都不離開的，他真有點孩子氣。譬如頑童得著一個新奇好玩的玩物，不曾玩破或不曾玩厭，是絕不肯撒手的。恰巧有一位朋友名吳妙公，在此時來看望他，一有了伴便越發是非去不可了。談起這位吳妙公來，也是一位有書生結習的人，和他兩人都做得好一手雄奇哀豔龔定庵派的詩，又都是愛在倡門中廝混、自命為溫文狂俠一路的嫖客。於嫖經上潘、驢、鄧、小、閒（潘（安）指貌，驢指性，鄧（通）指錢，小指伺候，閒指空閒）五個字中，最注重一個小字。說是研究小學，專以小心翼翼伺候倡妓的眼波。真是情之所鍾，正在吾輩，同聲相應，同氣相求。互相慫恿著，就夜遊到伊的妝閣。

妓女在除夕裡是絕不出門的，也沒有那樣瀟灑優閒的怪客人，會在這時候來打茶圍。但人同此心，心同此理，伊也是異鄉作客，淪落天涯。家中又還有白髮老母，又哪無同樣淒涼之感咧？這時見他兩人瘋瘋癲癲闖了進來，很是詫異。轉念間想到這兩人都怪有趣的，正好與他們談談，免得獨自煩悶，又不禁一喜。當即笑吟吟地招呼他們坐，並問道：「你們真有興致，今晚還想得到我這個地方來呢！」他也笑道：「今晚誰都不來打攪我們，正是可以暢談的好時候呢！」伊道：「那麼我們就談到天亮，不要走了罷。」他道：「橫豎我們沒有事，陪你談一夜又何妨呢？」伊又道：「清談也沒有多大的意思，待我叫點酒菜來，算是大家在我這裡喫年夜飯，應應節景，豈不是好？」他二人自命風雅，不能學俗套來推辭，就樂得答應下。

一會兒，酒菜停當，擺在一張小方茶几上，擱在床沿邊。他和吳妙公全脫了鞋，坐在床上喫。伊端過一張小椅打橫坐在茶几前頭奉陪，並時時立起來端菜斟酒，直同自家人在小家庭臥房裡面隨便喫飯一樣。大家叫喚，都像交朋友一般直叫名號，沒有什麼特異的尊稱。可笑有一般天字第一號闊嫖客們花上好幾百塊錢，擺上幾檯花酒，一點兒也趕不上這等的細膩風光。他花不著什麼錢，居然享受如此的清福，可不是再經濟不過，再划算不過麼？

喫酒的當兒，吳妙公酒意初濃，詩興大作。取過紙筆墨硯，當筵歪歪邪邪的寫起詩來，寫殘了好幾十張局票。他也和上一首半首，朗吟給伊聽，並強伊也須賡和。伊胡亂寫上兩三個字。他善體人意，就代伊添綴成句，成了伊的大作。吳妙公接過一觀，一疊疊的叫起好來。把伊讚美得歡喜不盡。他又使出平生最拿手的溫文派工夫，從溫存熨貼中向伊進行愛情的工作。

伊的身世，他本早已問明白過大概的。伊有老母在上海，伊是常常的想念。伊年華將近老大，很想擇人而事，得一個歸宿。這些事也都是他所知道而又測度得出的。及此急景凋年，天涯淪落，他都有飄零之感，何況是伊？他既覷破此點，就拿這一類纏綿悱惻的軟語去逗伊，並裝出很關心的樣子。時而勸伊要善事老母，莫使高年人常感著倚門倚閭的痛苦；時而勸伊宜早倦風塵，拿出眼力來覓一個有情有義的客人；並附帶著表明心願，願伊及早從良，莫辜負了青春的歲月。似此說來說去，無一句不打入伊的心坎，無一句不搔著伊的癢處，無一句不使伊感情衝動，無一句不使伊許為知言。漫說是獵取愛情，就是勾魂攝魄，也是所向披靡的啊！

然而他真個是愛戀著伊嗎？這卻不然。他只是按著向來出沒於倡門中的習慣，賣弄他溫文派的手段。在朋友面前誇顯他有特長之處，能容易討著妓女們的喜歡。再進一步說，是他客中無可消遣，有意騙妓女拿出真心來待他，大家親熱一回，供他一時的愉快。伊並非道地的詩妓，他何嘗不知道；只因為看出伊愛那風雅虛名，非稱讚伊是詩妓不能得著伊的喜歡，而且還不能增加自己的興趣，便就沒命的大恭維其詩妓了。再說到伊的可憐，伊的不幸，也原與他風馬牛不相及，但不是那麼假惺惺的嘆息一回，慰問幾聲，不惟不能使伊動心，而且還不能顯出自己的多情任俠。橫豎發感慨是不花本錢的事，自己腔子裡僅有，也就樂得獻一回殷勤，賣一回瘋癲了。一般蠢眾生想與妓女真個消魂，發揮獸性，為的是滿足自己的私欲。他為人聰明點，注重在形而上之事，只圖得著妓女們的一顆心，來供他一時的玩弄，也無非是另一種私欲的衝動。鬧了一夜，既醉且飽，惱人的長夜度過了，客中的愁悶消除了，風流的佳話造下了，情俠的聲名也得著一個人的認可了。天色一明，唱著凱歌歸去，他真是沒得半點遺憾呢！然而所遺留給伊的，卻能使伊感著重大的不安啊！

騷擾了伊一夜沒得好睡，這些物質上與精神上的損失，原不算什麼。但伊芳心中從此兀自思量道：溫文派的客人，想不到如此的有情，如此的識趣，如此的解人意，如此的知人艱苦。若能嫁著這樣知心的人，一定會有幸福呢！但彼此的緣分如何，卻很難說。況且應該怎樣進行，也渺無頭緒。難道竟會錯過這機會嗎？錯過了這一回，還恐怕再難遇見第二個這樣的人呢！然而急切中又一時無從辦起，悶在心裡頭成了一件祕密的心事，正自焦煩得很啊！如此的想了又想，伊情根就真個發了芽了，伊的煩悶和不安，竟沒有好方法能夠輕容易排遣下去了。

誰知道事有湊巧，隔了幾天伊接著上海一封快信，伊母親病得很重，催伊回去。伊悄悄告訴了他，自足以使他戀戀不捨；但一轉念間他那哲學腦筋上想到別離兩個字，也是作詩發瘋的好資料。別離之後，又還可彼此大寫其情書，使愛情的沸度越發增加，又何妨不試試這種別離滋味呢？於是表面上儘管傷離惜別，骨子裡卻一團高興，儘量來幹些別離前應有的勾當。什麼餞行酒呀，送行詩呀，喫了又喫，做了又做，倒熱鬧了好兩天。臨行的前一夜，伊搬出班子，寄寓在一家客店內。他也在伊隔壁開了一個房間，到晚來使並合在　間屋子裡話別。

這一夜晚誰都以為他二人必有幾首定情詩做了出來，豈知卻仍是清談了一夜。像這樣發乎情，止乎義，申禮防以自持，對寒檠而俱笑，雖似乎有些難得，但他是皈依於意淫學說的人，原不以這種形而下之事為目的。反而以這點小節目深自驕矜，並示惠於人，要使伊五體投地的為他所感動。好在將來別離之後，不至於輕易忘記了他，常有情書來安慰他他鄉的客況。然而伊就上了他的圈套，在這一點上直看得他和聖人一樣，越發增了愛敬之心。愛起來固然是覺得他可以奉託終身，天下人除他以外，殆無第二個如此以人類待遇倡妓的。但因為他態度純潔的緣故，使伊肅然起敬，有好些話靦覥道不出口，甚至於尋常　些謔浪的手段，都完全不好意思採用。只大家相對如賓，著說些無邊無際的閒話。若是真個一無邊際，也還罷了。偏偏他說話在半吞半吐有意無意之間，卻仍含蓄著許多重大的意義。其中最切要的幾句話道：「你此番回去侍奉著白髮老母，大可以不必再出來了。留一個後約，不久我也要回上海去的。務必請你善自珍重，守候著我這故人。天可憐見，到得有這麼一天，那才是吾生莫大的幸福呢！」伊如醉如癡的聽受著，咀嚼著這一類的話，恍惚自有一種心領神會，窺透了言中的用意，並對於這精微的意思，發生出一種又甜又蜜說不出來的欣慰。

匆匆度了一宵，輪舟啟椗的時候到了。他親送伊到海岸旁邊，揮淚而別，有許多未盡之情，全以眉痕和眼波來表示，用不著什麼千言萬語，反而留下跡象。在他是以為溫文派的人理應是這樣表情的，而伊便載著滿腔心事，一帆東去，再也不能劃除心上的他這個影痕了。但他還嫌這齣戲劇演得不甚鬧熱，接連著就寫上無數的情書去。無論是情書也好，情詩也好，他不過亂翻了一頓香豔詞典，拼湊寫來。一到了伊的眼簾，便都認作真情至性之語。世界上男女用情的公例，除了那婚姻結合更無第二種歸納的方式。伊芳心中祕密盤算著，這不是教伊待他而後嫁，還有什麼別的意義？此外他另有一樁重大的囑託，是他有一個幼弟在上海徐家渡小學讀書，無人照顧。他寄了些錢給伊，請伊代他給幼弟添補些衣服書籍。又寫信叫幼弟自去尋伊，一切聽伊的指導。這雖是些瑣屑之事，然給伊一個重大的暗示，不是至親至近的一家人，哪有這般密切的關係。由此推想，無異於他以自家人看待伊，為將來家庭共同結合的預備。伊既是久有此意，含而未宣。又時時想起他發過些怪議論，不主張男女用情定走那婚姻的途徑，總猜不透他對伊自己是何用心，戀愛的目的是究竟何在？誰知正在這兀自納悶的時候，竟有這許多甚有希望的好暗示到來。以伊這樣一個最細心的聰明女子，又向來是和他盡在心眼兒上用慣工夫的，哪不片面的勾引起不少的癡想，以為機會日見接近，快就要見得著那前路的光明。除了盡心代他處置這些囑託的事件以外，並抖擻精神，一心向上。諸如他的期望，勉為一個有人格的女子。在上海住了兩三個月，非常的貞嫺自矢，一反從前輕浮的行為，絕不忍辜負他以人類待伊的一片苦心，好留一個將來相見的地步。又誰知他仍是一種無意識的舉動呢？倘使他日後不給伊什麼激刺，就憑這點感化之力，扶掖伊到光明路上，何嘗不是大大有造於伊，足以當溫文派的正人君子而無愧。就是不必再作何種形式上的結合，長保持著這種清純的戀愛，又何嘗不是情場中聖哲所為，總可以得著伊的諒解。

然而他卻獨自的漸漸改了態度呢。本來是號稱為詩人的是最難忍受寂寞。而溫文派的嫖客到處能得倡妓們的歡心，又哪能不隨時隨地賣弄他溫文的身手？從前他所認為懍若冰霜不可嚮邇的那位妓女，引起他好奇之念，定要前去接近。一來藉此又有工夫好做，拿那人作香蘭的代替者，不使光陰虛度；二來立意要戰勝那人的冰霜嚴威，以示溫文派勢力的無所不能。只可惜那人的性格與香蘭大不相同，冷起來固然好似冰霜，熱起來卻又勢同烈焰。既被他勾引到愛情的道路上去，便一往直前，不肯放鬆半點；於是他清潔的宮殿就此崩頹，神聖的牆壁也從此倒壞。輕容易就拜倒在那人的石榴裙下，簽字於床下之盟。應許了一項最重要的婚姻條件，做了那人香閣中的俘虜了咧。說起來直是上不能怨天，下不能尤人，誰要他那麼好多事，隨便拿愛情來逗引一個心地深沈性情操切的女子。到後來雖然愛情果真灌輸成功，而千真萬真，請君入甕，反弄得自己處於不能擺脫的地位。回想起當日與香蘭正襟危坐，說什麼真愛情不重形式，將來彼此見著面，還有何詞可說，也不由他不暗自慚惶了啊！

在香港過了些時，歸期已屆，勢不能不與那位新婚夫人回到上海。但想起那守候著他的香蘭來，自覺無顏可對，便另託了一位朋友代他去慰問伊，看伊有何感想。可憐伊此時同伊老母住在一間陋室裡，正以手工度日呢。聽得這驚人的消息，大出乎意料之外，以前種種恍如做了一場惡夢，一切希望也都成了泡影。霎時間只覺得猶同萬箭鑽心一般，不知應該說些什麼的好，但還勉力保持著哀而不怨的態度，將許多潮水般的淚珠兒一顆顆從眼眶中咽到心肺裡去。而伊那病後的老母卻早已勃然大怒道：「這個人也未免太會開玩笑，太豈有此理了。我女兒常常對我說，為他那種假做作所哄騙，將整個的心兒全許給他，在這裡苦守著等候他回來。他若是瞧不起我女兒的，當初那場假做作為的是什麼？既然假情假義鬧了這許久，如今忽然另外娶了一個人，害我的女兒白白的望他一場，只落得大大的傷一回心，他豈不是成心要侮弄我的女兒嗎？」

香蘭卻趕忙勸住伊母，並揮淚對那來人說道：「你回去對他說，我並不能夠怨他。本來他並不曾明明白白對我說過什麼，約過什麼，只怪我這個人太癡太呆，錯認他是個有心的人，才至於自鬧這場笑話。到如今我並還要感謝他，不是他這場假做作，我還不知道世間上溫文派的嫖客有這等的可怕。我向來被『讀書、識字』幾個字所誤，以為溫文派的嫖客盡是無上上的好人，誰知比那些流氓拆白黨還來得毒辣些。流氓拆白黨只能騙妓女的身體去蹂躪，而溫文派嫖客卻能蹂躪到妓女們的心。罷了！我一切都看明白了，天地間的男子是否都是拐騙，我不敢說；但我敢斷定天地間的嫖客，都無非是成心來騙妓女的。而以溫文派的嫖客為最能騙，並騙得人最毒。我真是一個傻子，女人一作了妓女，真應該打入十八層地獄，萬劫不復，決沒有可以向上的機會，更沒有男子能誠心助我們妓女向上。不過這種阻礙我們向上，並致我們於一種卑污絕地永遠不能翻身的人，並非是那些流氓拆白黨，而全是這些笑裡藏刀的溫文派嫖客。謝謝他助我死了這條向上的癡心，好容我一心一意去做那卑污的倡妓。我年華尚未十分老大，又上有老母待我奉養，正好再做幾年倡妓，多撈幾個錢，了卻我一些心事。他這種口是心非的人，嫁了他也未必靠得長遠，也未必真是幸福，我又何必怨他咧。但我念他當初總還待我不錯，此後朋友終是朋友，大家也不必把這點小事擱在心上，請他還是來和我談談罷。也或許他將來尚有煩悶的時候，有待我再替他開心的必要。你對他說，我明天就到堂子裡去了。有個溫文派嫖客來替我綳場面，也是好的。他又何必那麼不大方，不來與我湊湊熱鬧咧！」

他得著那友人的報告，情不遺舊，果然過了幾天，悄悄地到堂子裡去看望伊一回。伊那時裝束得很時新，又矯揉出些很俊俏的樣子，滿面堆著笑容，放開聲浪尊了他一聲道：「徐大少，你要常來照應照應我呀！」他聽了毛骨悚然，打了一個寒噤，不由暗暗嘆息道：「這一場侮弄的戲劇，被伊報復了啊！」

從良的教訓

蘭香妓院樓下甬道中的電話機旁，立著一位十六七歲很苗條的小姑娘，一手持著電話聽筒，等候裡面的回答；那雙俊眼卻凝視著屋門檐上所張掛的一條紅綢子，默默沉思道：「討厭的老闆，平白要做什麼生日，無非是逼迫我們做姑娘的拉攏些客人來房間裡做些花頭，孝敬老闆一筆生意上的進賬罷了！但是眼見同院那些姑娘已經找著了客人，打牌的打牌，喫酒的喫酒，此時正熱鬧著呢。獨有我這老實人不會巴結客，前幾日與好幾班客人商量過，有的說是要出門去，有的說沒有閒，都一口推託了。好容易找著一位小金，簡直像哀求他的一般，務必請他來綳綳這個場面，答應雖是答應了，但口風還是活絡得很，只說到那一天再看。如今這一天不是到了麼，人家房間都早已擠滿了人，我房內還是冷冰冰的，這小金也不知究竟來也不來。看他平日那種滑頭滑腦的樣子，實在使人放心不過。叫夥計打了兩次電話催他，都回說不在家。這一僵起來，我臨時還找得著什麼人，豈不是硬要叫我大坍其臺？看老闆和我家龜婆的臉色麼，沒奈何自己來打個電話試一試。怎麼人一倒楣連電話局都給下不去，好半天竟叫不了來，這真不知道是怎麼一回事啊？」

在伊這發急的時候，外面忽然走進一幫人來。進門便問胡老爺請客在哪裡？夥計知道是樓上香娥屋裡胡老爺所請來的捧場客人，便很恭敬的導引著說道：「請上樓罷。」又放開喉嚨大喊道：「香娥姑娘屋子裡來客呀！」這般客人於是打從這甬道中後面樓梯上樓去，一一在這打電話的姑娘身邊挨身擦過。最後一個肥胖的老頭子約莫是五十歲的人，蓄著兩片花白髭鬚，手持一根粗大的司笛克，走過這姑娘身邊時，嗅著一種溫馨的香氣，不由勾引起他老年人不可阻遏的色情狂。側過臉來立定了腳步，使勁的釘了那姑娘一眼。恰巧那姑娘一雙水晶似的秋波，正湊合在一條視線上，就把這老頭子的魂靈攝去，豔著他那昏花老眼，緊看著捨不得走。這姑娘被他看得不好意思起來，微微的一笑，粉臉上現出兩個不深不淺又紅又白的酒窩，把電話筒一掛，就如燕子一般飛到伊樓下左側邊的房中去了，隱隱約約似乎還聽見一片格格的笑聲。這老頭子看得呆了，口內連呼：「這個人好得很，好得很！」恨不能立時也追上伊去。但這情形被前幾個客人看破，全都哈哈大笑，扭回頭來拉了那老人一把道：「老秉的魂掉了，快些上樓去，還是請主人做個媒罷！」

樓梯板踏得砰砰的響，這干人就一窩蜂似的擁到香娥房中，見著了主人胡老爺，全都把老秉這回事當做笑話說。胡老爺高興非凡，向香娥打聽出樓下那姑娘叫著金美，便連聲叫：「快叫了來！」那老秉雖假裝著說：「這何必呢？」其實心裡卻癢癢地巴不得早一刻與那金美見面。不一會金美盈盈來到，四面瞟了一眼，雖也明知必是那老人叫的，但故意問道：「哪位老爺叫我？」那胡老爺一把將金美的纖手握住，推到老秉的身旁坐下，笑嘻嘻地說道：「得啦，你們早通過電了，還裝什媽糊？且聽我介紹姓名罷，這是程老爺，叫老秉。人雖老了點，心卻不老，性情也很溫和，包能夠好好照應你。」

金美一面向胡老爺道謝，一面向老秉含笑點頭，心裡早打定主意，要竭力媚惑這糟老頭子，解決伊當晚的花頭問題咧。老秉既盼到這樣一個美人兒，也自是欣喜了不得，趕快取一支紙煙送給伊，劃過一支火柴與伊點上，又緊握住伊的手問長問短，說不盡的親密。旁人見這兩人一見如故，都走近來百般取笑。老秉因為愛心和欲念衝動，涎著臉兒只顧與金美說笑。金美別有用心，也落得裝成與老秉甚是要好的樣了。慢慢的眾客人所叫來的姑娘，都已到齊，一檯花酒也都已入了座。各人有各人的姑娘糾纏著，都無暇過問老秉的事了。金美坐在老秉身後一個多鐘頭不曾離開，也委實是有這空閒。老秉不知就裡，以為金美真待他不錯，第一次見面就如此勤懇，越發聚精會神，與金美一搭一搭的說個不了。金美施展出最婀娜的手態，表現出最甜美的風情，再附以吳儂軟語，玉潤珠圓，咕囁著道出伊宛轉動人的要求。老秉此時如醉如癡，三魂不定，只要能討著美人兒的歡心，就是要他老命也在所不惜；何況是只僅僅喫一檯酒，破費那麼百十塊錢？便很興奮的滿口答應下來，又高亢著聲音向眾人宣布道：「少停請各位翻到金美屋裡去，我也請客咧！」這般鑲邊客人最愛湊熱鬧，不由拍掌如雷的贊成。

少停金美房裡果然也有一番酒綠燈紅笙歌聒耳的點綴了。伊從喜氣洋洋中想起今晚這個儻來的局面，真是意外的幸運。具見天不絕人，該應伊不坍臺，才有這個容易說話的客人自會找上門來救了伊這個急難。憑良心說，此時無論愛不愛這老頭子，總得發生一點感激之心，將這老頭子和救世主一般好生款待了。老秉不知道金美心中的艱苦，只見金美一迭一迭將好意送來，以為老頭子得著這種希世之遇，不可不存知己之感。心裡頭喜出望外，把他身世上一切環境全然忘卻，忽地笑瞇瞇的低問金美道：「我愛你，你能嫁我嗎？」金美接受著這個突如其來的通牒，還以為是戲言咧，不料他又鄭重續說道：「你若肯，我馬上就可拿出錢來定局。」於是金美有些信了，暗想嫁人便是從良。常常聽見姊妹們說，做妓女唯一的好希望就是這個，唯一的未來的幸福也是這個，大家都像把這個事當做夢境一般那麼想著，難道這夢境竟在我這個薄命的人身上會實現麼？但看這老頭子今晚天外飛來救了我的危難，似乎他就是天賜的救主，由此推想他一定也能再賜給我一個很好的夢境，或許是我否去泰來，該應有這從良的機會，這倒不可錯過了咧！當即顫聲答道：「我是久已不想喫這碗斷命飯的，難得你程老爺肯要我，我還敢說不願意嗎？」

老秉得了這個美滿的答覆，就趕忙將胡老爺拉過一邊，作揖打躬的說道：「我要討這個金美，費心你代我講條件。」胡老爺見他兩人都願意，落得成人之美，也就很高興的立刻把金美的龜婆叫了來。好聽的，不好聽的；軟騙的，恐嚇的。如市場講價一般，費了許多唇舌，結果才言明以一千大洋定局，班子裡犒賞在外。接著這消息一傳開去，人人都嘖嘖稱奇，許多姊妹們紛紛向金美道賀，很羨慕伊得著好結果。香娥感懷身世，望著胡老爺脈脈含情、盈盈欲涕。胡老爺也覺得瞻前顧後，做不來老秉這種一往直前的豪舉，不禁感慨繫之。至於那幾位鑲邊朋友，最能湊趣，便都歡聲雷動，說他們真是前世事、巧姻緣。搶著還要喫老秉的喜酒，誰也沒想到姻緣成就得如此草率，與土地廟買哈吧狗不加細選的一般容易。

當夜酒闌人散以後，老秉留了一個後約，說明天下午準來人錢兩交，就匆匆的辭去。大眾見他不留在金美那裡，頗覺怪異。只有胡老爺和一二位知道老秉家事的心裡有些明白罷了。第二天老秉揣了一千圓鈔票，卻先來到胡老爺家中商量道：「金美這孩子我是娶定了，但我的家事你是知道的。敝內那種脾氣豈能容得下我討小？我想先在你府上借一間小屋子，暫將金美安頓在這裡，待後來慢慢疏通。你我是至好，務請再幫這一點忙，並為我嚴守這個祕密。」說罷又一連作了幾個揖。胡老爺本早明白的，情不可卻，便即答應下。隨又一同坐著胡宅的汽車，到蘭香院去迎接金美。果然是一千元交去，再賞班子裡一筆小費，金美就被老秉拖到汽車裡，移轉到所有權之下了。一路之上汽車勃勃亂響，金美坐在老秉和胡老爺二人的中間，心絃和汽機一般震動。真像是做夢一樣快要踏入從良的夢境咧！老秉則時時偷覷他那一千洋錢所買來的香噴噴的肉體，常常狂喜著笑得合不住嘴來。

車到了胡家，胡太太早替老秉將新房收拾好。一張舊鐵床用急就的手段布置了些被褥在上面，又親自迎了出來，將金美送到新房裡。老秉再三向胡家夫婦稱謝道：「金美這孩子年輕不懂事，以後在這裡打攪你們，還得請胡太太飲食教誨，多多的照應。」說完，外面廳屋中酒菜齊備，胡老爺催他們入席，敬了幾杯酒，說了些吉利的話，就算是婚禮完成，別無半點繁複的儀式。只臨睡的時節，老秉切實叮囑胡家的僕役們一遍道：「若是我宅裡打電話來問，不要說我在這裡，千萬，千萬！」

夜來，金美很疑惑的問老秉道：「這是誰的家，我們為何住在這裡？你為何對人總說我是小孩子，我究竟是你什麼人？又為何結婚得如此草草，不像人家吹吹打打的做喜事？」老秉解釋道：「我是另有家的，只因我家還有原配太太兇得很，從前我討過幾個小老婆，都被伊趕跑了。我愛你，怕你喫伊的苦，故將你寄居在這裡。至於叫你做小孩子，一來你年紀委實是小，二來你身分本也是小老婆，從倡門裡討個人回來，都是這樣隨隨便便的。」金美一想不由暗暗嘆口氣道：「誰叫我是做過倡妓的呢，倡妓能從良已經是萬幸的了，做小老婆是應該如此隨便的，是應該被爺們小寶貝、小傢伙那樣叫著頑的。這本怪他不得，我應該要知點足。他原配夫人兇得很，誰叫她福命好做正太太咧，又自然應該伊兇，我不回去惹伊，少些事也好。從良究竟是從良，總比做倡妓好，好日子後頭多著呢！只要老頭子疼愛我就得了，我已是他的人，也應該聽他的話。」

第二天老秉睡到十二點鐘起來，喫了早飯說外邊有正經事，坐著人力車走了。到晚上轉回來，關著房門與金美廝守了一會，猛聽得時鐘敲了十一下，立起身來忽然說要回家去。金美一把抱住不放道：「不行，你把我一個人冷清清撇在這裡，虧你新婚中就那麼做得出嗎？」老秉陪笑道：「你哪裡知道，我昨晚還是向家裡掉槍花，說到天津去，才能整夜在這裡陪你這第一宵。今天照著平常規矩，晚十二點是非回去不可了，不然被太太疑心查出來，那還了得。好孩子，你原諒我，忍耐點罷。明天我還得來看望你，等將來慢慢疏通好，那就可以常在一處了。」說罷，恐怕金美不能諒解，已急得滿頭是汗。金美雖十分不願意，但想起自己究是小老婆，老頭子有他的難處，既然成心從良，總得將就良人一些，也只好諒解了。

自此以後，老秉只能在白天裡或晚上十一點鐘以前，走來與金美晤面。彷彿十一點以後的時間，是屬於家裡那位正太太，金美沒有這特別的權利的。胡家上上下下漸漸說出些譏笑的話來，甚不好聽。老秉又嫌胡家地方偏遠，自家坐的是人力車，每日來往跋涉，也甚辛苦。便將金美接到城外一所他有股份的報館裡去住，那報館與老秉公館相距不遠，不特來往便當，就是住的地方，也另自占了一個小院落，比較胡家寬敞。金美念著從良應當事事相從，也就沒得說的。每天老秉來時，大家恩愛一會；老秉走後，便飽喫悶睡，消磨時光。好在衣食住俱全，不用自己張羅，比起倡門來總覺無憂無慮，少擔心事。有時偶爾嫌著孤寂，也只是自己怨命。

不想這個祕密消息終久有一天泄漏，那程太太見老秉常常朝出晚歸，又有些錢合不攏賬，心下生疑。命幾個娘家帶來的心腹僕從四處探聽，就從拉車的口裡套出這段藏嬌的故事來。程太太聽說不由全身血管都發生了酸素作用，又是好氣，又是好惱！但交不出老秉一個真贓實據，不好澈底澄清。暫且不動聲色，親自帶領拉車夫男女僕人丫頭各一名，御駕親征，浩浩蕩蕩，直到那報館裡面來搜捕。打算將一雙老小鴛鴦雙雙縛住。偏巧老秉是日未到，報館執事見這位老太太頭捆青縐紗巾，額貼太陽膏藥，身穿藍布大襖長過膝下，一手拄著一根文明手杖作拐棒，一手搭在小丫頭肩背上，舉起伊那豬蹄式的四寸金蓮，顫巍巍扭捏捏撞了進來，將手杖向門坎上敲得亂響，只嚷著要找老秉的姨太太。聲音和鴟鴞一般尖厲，叫人聽了毛骨悚然。背後那些僕從狗仗人勢，更不由分說的只向各房裡亂鑽。

報館執事人雖明知是老秉的東窗事發，但側隱之心人皆有之，親眼見這老太太這般凶焰齊天，萬一把金美捉了去，豈不是羊入虎口。當即悄悄叫人告訴金美趕忙藏起來，即使被伊們看見，也不可承認是老秉的妾，只說是報館同人的女眷。又親自走到院落裡攔住那老夫人道：「我們這裡沒有什麼程姨太，各房裡全是男客辦著公事，太太胡亂闖進去，許多不便。」那太太橫著一雙火眼金睛，一言不發，仍是東窺西覷，瞎摸亂抓。無奈老秉不在這裡，就是見了金美，也不能斷定伊是程家的人。只好偃旗息鼓，暫且收兵，二次多討校尉，再來搜尋。

這一夜老秉回到報館來，聽到這個消息嚇得滿頭是汗。見了金美只是大吐其舌頭，連呼好險！金美卻拖住老秉哭道：「我從良了你，滿說是良家人，誰知卻是個見不得天日的私貨。今天你那老太太像搜私貨一般搜到這裡來，鬧得雞犬不寧，無人不說是笑話。我想我也是個人！為什麼要像老鼠一樣不敢見人面？打算等伊再來，我簡直就衝出來跟伊去，犯不上這樣偷偷摸摸。明說是做了程家人，卻和姘頭暗地私通一般。」老秉大驚道：「使不得，去不得！我們太太是著名的雌老虎，會磨得人死的。你哪裡受得了？就是我也喫不落呀！」金美很興奮的答道：「我不怕，世界上我沒看見過人喫人的。伊縱是老虎，總不見得能活喫了我。至於大太太容不下姨太太，那是人之常情。我是倡門裡從良的人，生成是做姨太太的命，那麼醜媳婦少不了見公婆面，總得要去會會這大太太的。我寧肯到你家去受磨受苦，做一個正大明分的人，絕不再做這私貨。就是我被大太太磨死，也到底做了你程家的鬼，請你不要攔我，我心甘情願絕不埋怨你就是！」

過幾日，那老夫人又二次多帶人馬來搜了。報館執事說：「你前次搜過沒有，今日又來成心打攪幹嗎？」三言兩語和伊衝突起來，那老太太氣得兩顴發青，也自不肯讓人。只聽見嘰哩咕嚕夾七雜八的說道：「我也是宰相之女，名門之後，不是怕人欺負的呀！」那金美聽見外院人聲喧鬧，知道是這回事。忽地奮不顧身竟走了出來向那婦人鞠躬道：「我就是老秉的妾，早就想來拜見夫人的，夫人既然來了，就靜聽夫人的吩咐罷！」那老婦人又驚又喜，又恨又惱。向金美連看了幾眼，果然比自己年輕漂亮，不由氣忿忿說道：「就是你啊，好！沒有多說的，快撿東西隨我回去。」金美道：「那是自然，從了老秉，總應該到老秉家去的。」

當日大太太督促手下人等將金美屋裡東西搬了一個空，又親自押解金美回去，與老秉哭鬧了三日三夜，定要將金美趕出大門。經過多少人做好做歹的勸說，才算收回驅逐出境的諭旨，另定出一種章程：一、金美打入西偏房，與丫頭同住。叫丫頭嚴加管束；二、所有好衣服全行換下，另換粗布衫褲，說是家規如此，提倡儉樸；三、金美的箱櫳財產全搬入上房，彷彿是抄沒入公；四、不准老秉與金美見面。金美無法，只好一一忍受，誰要伊甘心做良家人咧。這樣一連好幾個月，刻苦得金美比丫頭還不如。身上好衣服沒得一件；錢沒有半邊；冬天沒得皮衣，又不許房內升火爐，喫飯不准上桌子，只給些殘飯臢菜喫；一句話不合式，大太太動手便打，開口便罵。金美逆來順受，一星兒不反抗，只想拿至誠來感化大太太的心。有時，悄悄向老秉哭訴一回，老秉總道：「這是你不聽我話，自己願來受這苦的，我有什麼法子？況且我花了錢買你來，得不著一點樂趣，我才冤咧！」

金美忍受了許久，看看太太總是視伊如眼中之釘，非制伊於死地不可，絕難望其回心轉意，寬厚待人。老秉在家裡攝於雌威，不能和金美在一處，又只顧他自己尋樂，仍然在暗地裡向外邊尋花問柳，率興不來過問金美的事。金美對於太太的刻薄雖能忍受，對於老秉的無情卻甚是傷心。想想這回從良是百無希望的了，辛辛苦苦能得著一個丈夫的憐愛，還多少有些後望。如今有丈夫和沒有丈夫一樣，這還有什麼良人可從？徒然苦了自己，做這丫頭都還不如的人，等到死的一天也是白死。於是金美終於煎熬不住，又仍然氣忿忿地私自走出良家，仍尋伊從前的倡門生活去了。

可憐金美名義上雖從過一次良，滵過一次浴，其實窮得和女叫化子一般，將自己肉體向倡門裡抵押一筆錢，才能重新把生意上的房間鋪排起。自此聽見姊妹們有說從良好從良妙的話，伊總是搖頭嘆息，力爭說是不對。有旁的姊妹真個從良的，伊總又如送喪一般含著兩包眼淚去百般勸阻。原來伊在「從良」兩個字上受過莫大的教訓喲！

腳之愛情

在一所大遊戲場旁邊，有一爿中等的皮鞋店開在那裡。每天有許多出入遊戲場的男男女女，都得打從這皮鞋店門首經過。那皮鞋店裡的人們，差不多個個都看得見這番鬧熱的。談起這皮鞋店的內容組織來，是一幢二層半的西式屋宇。上一層是樓，經理和賬房所居，並堆些存貨；下一層是鋪面，有許多店夥在那裡忙著做生意；其餘的那半層，就是那地下室，也就是這皮鞋店唯一的小工場。

工場中有一個剛出師的學徒，名叫阿發，他的年齡還只有十七歲咧。在這地下室已做有三年多的工了。

三個年頭的光陰，在少年人看起來，豈不是黃金一般麼？拿來完全消磨在這地下工場以內，未免可惜吧。然而也不見得，一手做皮鞋的工作技術，明明是在這地下工場中學完成的，這光陰也似乎並未白費。不過少年人的熱烈心情，實在不是這小小的地下室所能關鎖得住。那臨街的兩扇小窗一閃一閃的放著光明，將外間的事物映給他看，無異於要誘惑他咧。

他一面每日每日的做著刻板生活，以極小的人，處這極小的屋子，用極小的手，做那極小的工作。環顧他身旁的桌椅板凳，以及各種工具，無一不小，恍如在另一陽光稀少的世界之中，倒也小得甚有秩序。一面便分出一部分工餘的心神，睜開他那雙向來很難見著天日的小眼珠子，似有意又似無意的，不住的向臨街小窗以外偷看。……可憐，……這一隙微光能夠充分使他觀察到一切人類社會的全部嗎？能夠完全使他看得見地底世界以外所夢想的大千世界嗎？

閱者要知道，照例，這地下室的窗戶，是建築在外間馬路旁邊水門汀道上的。人在窗內往外看，恰好將自己的眼光和外間行人的鞋跟足印，同安頓在一條水平線上。於是這阿發平日用心觀察外間人類社會的結果，是僅僅看看許多行人大小長短不一的腳，以及男男女女花樣不同的鞋。兼之他窗外那條道路，為遊戲場遊人出入必經之地，來往的鞋跟足印越發比旁處為多，實看得他眼花撩亂，美不勝收。他便漸漸的由觀察而有研究了。

他暗暗想道：這許多的腳，不知是些什麼人的，怎麼如此遊蕩，如此了無羈絆，能終日在外邊亂跑咧？……唉！……我也有一雙腳，為什麼便應該終日蜷伏在這小室之中，絲毫不許亂動咧？……於是他因旁人自由的腳而聯想到他自己不自由的腳，十分感受著不自由的痛苦。再一想，這些腳不是常常出進那隔壁的遊戲場中嗎？他們天天去遊玩，還不覺得厭煩，我還是新年裡僅僅去過一次咧。腳呀，腳呀！他生在我腿上，就這樣的不幸，我真正是有些無以對此腳了。偏偏還有那遊戲場中無情的笙歌之聲，被一陣一陣的風從窗外吹了進來，清澈可聽，益發教人腳癢難熬，恨不得拔足飛去。然而這牢獄似的地下室，有工頭像牢頭禁子一般看守著，有腳也走不掉。就是胡思亂想，魂靈兒早已飛上半天，這眼前的工作，卻仍須假裝鎮定，繼續的往前做。那一針一針的麻線，雖說全刺在一雙女鞋的漆皮上，看起來實與刺入心坎深處一樣，又有誰知道他的痛苦，安慰他的煩悶啊？

越是痛苦，越是煩悶，他越發喜歡往窗外偷看，似乎要尋找他所欲得的安慰，久而久之，什麼沒尋找著，卻添了一種認識力，對於好幾位男女常常出進遊戲場的腳樣子，竟認識得非常清楚。其中有一雙女足，便使他屢見不厭，久見不忘。論理做皮匠的對於腳樣子的審美觀念，當然甚是深切。這雙女足，不大不小，不肥不瘦，是甚為適中；著一雙黑皮鞋，樣式也甚是合足，走起來的姿勢，尤其好看。他心中暗想！不是妙齡絕色女郎，絕不能有這雙美足。後來為著急於要證實他的理想，竟有一次等那雙腳走過時，趕忙跑到窗前，擡頭向外一望。果然不出意料之外，只可惜那美人兒走得太疾，僅看見半邊側影，然而伊的美貌，總可算是無疑的了。

從此他對於這雙美足，就並不以僅僅看見鞋跟腳印為滿足。有幾次三番的瞞著眾人，很大膽又很小心的去偷看那美足的女郎。將好幾次的側面印象拼合攏來，放在心坎中溫存，簡直美得不可比喻。好在那女郎天天喜歡逛遊戲場，他就每天都有機會能看得見那雙足影，倒可以使他將萬念摒除，把旁的腳一齊擱起不看，只每天靜候這一雙特別的腳來飽他眼福。看來看去，看得多了，竟發生出一種說不出來的情感，非常常有得看不可。倘若有一天那腳來得很遲，他就非常盼望，非常懸念。若是在思念中忽然看見，心中便一陣狂喜，臉渦上也登時露出笑容來。有時那腳從遊戲場出來，走了回去，他又充滿著戀戀不捨的心情，恨不得與那腳道聲晚安，並約期明天再見。有時那腳或是整日的不來，他就大失所望，並擔著重重心事，以為那女郎敢莫是有甚不自在。總之，每次見著都有每次不同的愉快；每次見不著，也有每次不同的悲哀。這其中的況味，有時可謂極樂；也有時可謂極苦。在這苦樂夾雜的感想中，究使他作何打算，他自己也不知道。他當初是愛上那雙腳，然後才愛及那腳上半部的人。而每天的機會甚不均勻，總是看見腳的時候多，看見全部的人的時候少；看見腳的機會易，看見全部的人的機會難。在抽象上看來，他固然是對於這雙腳發生了愛情；在感想上說，他又何嘗不將這腳之愛情引申到腳上的人兒身上。

他經過長時期的考慮和思索，覺得他對於這美足女郎，實在是愛戀得很，若能和伊通上名姓，陪著伊去逛遊戲場，豈不甚好。再進一層說，竟和伊結成小夫妻，一生一世守著伊的腳跟，豈不更妙？……想到這，他臉上忽又覺得有些熱，一個人羞答答地，自己責備自己道：你忒過分了罷，伊席豐履厚，是何等有錢人家的女兒；你衣衫襤褸，不過是一個乞丐式的小皮匠，你能和伊攀親嗎？……唉！我為什麼生出來就是窮孩子咧？（只此一念，堅忍者於以成功，剽悍者流為盜賊，懦怯者因之自殺。）……再一想，不對，我和伊做的是一樣的人，年紀也十分相仿，為什麼結不得婚姻？我眼前雖比較的窮些，將來又焉知道不會富起來！世界上由窮孩子出身一變而為富豪的也多得很咧。萬事只在人為，我將來要做富人，也似乎並不見得很難。……罷！我從此要立志做個勤儉少年，增高我未來的地位，以便與這美足女郎結婚，成一分很美滿的家室。像這樣天天瞎想，是沒有用的。

他心志既已決定，果然從此就異常發憤，什麼事都搶著學，爭著做；學成的技術是非常完美。工餘之暇，又常到補習學校裡去研求學問。好在那窗外美足，仍是每天常得看見。每次見著的時候，總得自己勉勵自己一回，好像這腳能鼓勵他的勇氣一樣。總算他為腳努力，用心甚苦，後來竟居然達到他成功的目的。

事業家的光陰，並非等閒過去。做小說的筆下一揮，卻很容易的便是十年。到此時那阿發也非從前阿發，由小學徒、小皮匠一變而為實業界中的成功人了。起初是店中經理人見他技藝甚好，派他到外埠一家分店裡做工頭。接連竟因外埠經理缺人，又將他補了外埠經理的位置。幹了好幾年，生意非常發達，手邊也積儲了一些錢，又一變而為店中的股東。及到十年將屆，本店擬大加擴充，並改組為股份有限公司，他就又成了公司中的重要發起人。在公司成立選舉職員的時節，他又被眾股東選舉為公司協理，並兼本店經理之職，於是他就依然回到本店所在的地方來了。

這其中有必須交代的就是他少年時節腳上的情人，究竟他忘懷了沒有。在他從前離開本店之時，心裡何嘗不對於那雙腳戀戀不捨，但幹事業要緊（此六字，為幹大事業之要素）。也就不能老在這地下室中死守著那窗外之腳。況且出去幹正經事，明明是一個可以得著那雙腳的絕好機會，所以他就毅然上道，不敢流連。及至事情一天比一天幹得多，年紀一年比一年長得大，對於童年時代片面思想的那種癡念頭，自然也就逐漸減退，但有時靜悄悄地想起來，總還有好幾分不能忘情，無可奈何，也只好自己笑著自己。像這樣特殊的愛戀，單愛到一雙腳上，未免太滑稽了罷。如今功成回來，陪著幾位股東，同住在一所大旅館裡。白天有事出去，看著街上許多女人足印，心裡兀自一動；晚間睡不成眠，撫心自思，從前那雙腳影，深深印在腦子裡的，一旦竟和電影片裝放在放光機上一般，明明白白的映在眼前，只要一閉眼就看得見。可知人生少年時代中一段初戀的情史，是畢世都忘記不了的啊！

他尋思往事，也嘗獨自想道：這一雙腳怎麼我如今還得想它，還得愛它，難道我還像少年時代那一樣的癡愚嗎？既然仍是癡想著不能自已，便又應該踏破鐵鞋，去到那萬千人海中，重找尋這雙腳，然而事實上又不能。可憐當初年幼無知，一味癡呆，並不曾打聽清楚那雙腳屬於誰家女郎，更不知伊的住處是在哪裡，今日即使要尋還無處尋咧。

有一天晚上，他把正經事忙妥，一個人在旅館房間內休息，便舒舒服服地躺在一張沙發上，仍是思念那湧上心來的腳。恰巧將房門忘記關閉；沙發又正朝著那房門，兩道視線，便也無意的看到房門外邊。雖說另有一扇活動門攔腰閉在那裡，然而門下頭空空洞洞的，卻看得見門外邊甬道上許多來往客人的足影，也彷彿像當年從地下室窗邊看人足影一樣。誰知事有湊巧，忽然在一瞥間，竟又看見從前那雙腳了。

這雙腳他見得多了，幾何寬，多少長，前尖是怎樣，後跟是哪般，快走是什麼姿勢，慢行是什麼步法，他心中是早已有數目的。要他詳細的說，固然說不出來，一旦重行看見便同溫舊書一般，提起頭便源源本本，斷定得絲毫不錯。況且還有一樁未曾改變的，就是那雙腳至今還穿的是漆皮鞋。皮匠出身的人，拿眼光來看皮鞋尺寸和樣式，當然是不會錯的。此外另有一種特別記號，是大足指旁邊那方棱骨，特別凸出來很尖，也足使他易於辨識。像這樣尋都無尋處的奇事，一旦遇看，他哪裡肯放鬆，便急忙追出來看。

還好，走不多遠咧。在那甬道轉灣的桌子旁邊，而且還停住了。有一個茶房站在那裡，伊便回過頭來問那茶房道：「一百零七號在哪裡？」茶房答道：「在西面樓上。」伊點了點頭，便把伊的面部從遠遠地看了一個清楚。這不明明是當年的伊嗎？看伊的打扮，比從前更華麗了。但一別十年，伊也是二十五六歲的人了，難道還沒嫁人，為什麼裙子也不穿一條，竟和當年做女孩子時一樣裝束？再一看，伊身旁還有一個女郎，比伊年紀小得多，打扮得花團錦簇，像一個妓女模樣。伊與這個女郎同伴，跑到旅館來看什麼人咧？

他心中一陣狐疑，便趁著伊走過去之後，將茶房叫來問道：「剛才那兩個女子是什等樣人？」那茶房笑道：「這是堂子裡先生，那小的名叫花蓉，那大的名叫老五。雖說是大姐，卻是此地有名的春蓉老五。」他一想，伊為什麼竟到了這般田地，倒很想切實問問伊。便回到房裡寫好一張局票，竟命茶房去叫伊來。

不一會，伊陪著花蓉來了。他請伊坐定，便拱手說道：「我們長遠不見了。」伊端詳了一回，想不起來，只好含糊答應道：「我們似乎在什麼地方看見過。」他笑道：「這是很久的事了，況且還是只有我認得你，並不見得你會認得我。至於我所以認得你的，恐怕也只能認得你那雙腳，並不見得會認得你這人。」

伊聽著很怪奇，便急急問道：「怎樣你會認得我這雙腳，只怕是你說笑話罷。」他道：「一點兒不假，我說明白後，你也就會明白了。」

於是他就把從前那番情景，一一講給伊聽，和講故事的一般，臨完嘆了一口氣道：「不想我們今天在這裡相見，更不想你會流落到如此地步，談起來我心中實在感傷得很。（讀此數語，為之淚下。）如今我話已言明，你能將你的身世告訴給我聽嗎？」這一番話，把伊和花蓉都聽得愣了。伊芳心中尤其是大加感動，暗想世界上竟有這樣的癡人，從我的腳上關念起一直關念到我本人身上。如此看來，他對於我總算十分有心，我的身世又何妨告訴他咧。

於是伊也就把伊十年來經過的歷史，一一講個明白。原來伊自小喪父，跟著老母度日。十五六歲的時節，也曾入過學校，只因生性好逛遊戲場，把學業荒廢；又被狡童誘惑，失了貞操，以至於將老母氣死，自己墮落到煙花隊裡。如今年華老大，便又改花為葉，做了倡門中的助手。回想起來，這都是當年喜歡出入遊戲場換得來的成績啊（此一席話，願近日好遊蕩之青年女子聽著）！但是當年若不常常在遊戲場出進，卻也不會將那雙足影深深印在他的腦筋上，這倒是一番因果，一段因緣咧。

他聽明白後，更增了無窮感嘆。就又很誠摯的對伊說道：「我們今天的相見，是完全以你的那雙腳為媒介。如今聽你所講你十年來的不幸，都是被你那雙遊蕩的腳所誤。然而我這一方面，今日勉強能成些事業，卻完全出於你的腳之所賜。非你之腳焉有今日？論理我應該重重的謝你這腳，以報其十年來鼓勵我向上的一番盛意。但這腳不過是你身上肢體之一種，想不出什麼良好的謝禮，說是買幾雙好鞋子罷，未免太菲了，只好因腳而及人，一心來謝謝你了。你如今需要些什麼，請你快說，只要我辦得到我總肯照辦的。」

那老五沉思了一會，便慨然答道：「想不到我雙腳長在我身上，不惟一些益處沒有，而且還遊蕩出不好的下場來。如今我愧悔得了不得，難得遇著你這樣有心人，為我這雙腳竟肯如此努力。我除了傷感以外，哪裡還能對你拿出尋常對客人的手段來，向你有所需索。請你念著已往的腳上愛情，容我連腳帶人都依靠著你罷。想你既愛此腳，當不忍使其永遠飄流在外，百無歸束。你就收留了我罷，我是為妾為婢都無不可的……（不是感恩語，是至情語）。說罷，伊早已淚被於面（安得不淚），只昂著頭待他的回答。他出乎意外的聽了這個要求，情不自禁，也就答應下來，並說道：「我這幾年忙事業，連妻室都還未曾娶，心中何嘗不希望有今日這樣一天。你負此腳，腳不負我。我藉此腳成事業，你藉此腳才得嫁我。可見此腳到底還是有造於你。從今望你立定腳跟，與我廝守，我也好日日親近此腳，再努力，再發憤，再光大我的事業，使你這腳從此踏入幸福之門，安樂之鄉，你大概可以不悲傷了罷。」

在他和伊訂婚的時候，那花蓉姑娘甚是知趣，早已溜了回去，嚷與一干姊妹聽道：「五阿姐要嫁人了。此人聽說就是中國皮質公司的趙協理趙發咧。」再過十幾年，又聽見人說，趙發已大發其財，和夫人商量好，將那座大遊戲場收買了來改作國貨公司。底下一層，就陳列著皮質公司的皮鞋出品。最奇怪的，趙總理的事務室，竟開在地下室裡，據他說是不忘本（因不忘本，才有今日，芸芸眾生，可以趙發為法）。

京寓新年中的怪客

近十幾年人是長大了，東西南北到處為家，沒有一個新年不是隨便胡亂過的。只有某年在北京宅裡，除夕的那天忽然來了一位怪客，是倡門中的姑娘。伊在這天走到我宅裡來，竟徘徊而不忍去。我家裡人都覺著奇怪。幸虧我家張夫人向來見過伊面，且很歡喜伊、可憐伊，特為保荐與我叫我招呼伊的。我以為這天伊是尋夫人而來，與我不相干，想不致招起張夫人的不悅。但伊捱到夜晚還不走，總覺有些奇怪罷了。

及至晚上十二點後，伊班子中一個大姐匆匆跑了來，拉伊到旁邊說了不少的話。一會便見伊兩眼汪汪面有淚痕了。我夫人看著奇怪，便去問伊為什麼事難過？伊嗚咽著說道：「年邊差了不少的賬沒得錢還，許多賬主在班子裡不肯走，無奈何才躲到這裡來咧。」我夫人就又問伊道：「究差多少錢咧？」伊說不多，五百多塊錢上下。這個數目我同我夫人都擔認不了，結果是我奉了夫人之命拿出二百塊七折八扣的京鈔送給伊，請伊不要發愁，免得我們看了難受。我夫人並囑咐伊道：「你也不用回去了，這幾個錢由你們大姐帶回去，揀幾筆要緊的賬還一還。你就在這裡玩一宵，明天再走罷。」伊轉悲為喜，謝了又謝，就加入我們的竹戰團，直打了一夜的牌。

我是不愛打牌的，五更天自去睡覺。到元旦日早十點扒了起來，伊們的牌局還未曾散咧。我走到伊的身後問伊輸贏如何？伊哭喪著臉道：「輸多了，又是一屁股的賬咧。」我便從荷包裡掏出二十塊錢給伊，是輕輕塞在伊手裡，很替伊顧面子的。湊巧我夫人看在眼裡，不知怎的忽然不願意起來，大概怪我太會慣貼人了。不一會伊告別回去，我們夫婦竟弄得很不歡。

但回想起來，在外邊過了許多平淡無奇的新年，只有這件事可以記述咧。

血歷史105　PC0554

新銳文創
INDEPENDENT & UNIQUE

孤軍
——何海鳴短篇歷史小說集

原　著	何海鳴
主　編	蔡登山
責任編輯	劉亦宸
圖文排版	詹羽彤
封面設計	王嵩賀

出版策劃	新銳文創
發 行 人	宋政坤
法律顧問	毛國樑　律師
製作發行	秀威資訊科技股份有限公司 114 台北市內湖區瑞光路76巷65號1樓 電話：+886-2-2796-3638　傳真：+886-2-2796-1377 服務信箱：service@showwe.com.tw http://www.showwe.com.tw
郵政劃撥	19563868　戶名：秀威資訊科技股份有限公司
展售門市	國家書店【松江門市】 104 台北市中山區松江路209號1樓 電話：+886-2-2518-0207　傳真：+886-2-2518-0778
網路訂購	秀威網路書店：https://store.showwe.tw 國家網路書店：https://www.govbooks.com.tw

出版日期	2018年3月　BOD一版
定　價	290元

國家圖書館出版品預行編目

孤軍 : 何海鳴短篇歷史小說集 / 何海鳴原著 ;
蔡登山主編. -- 一版. -- 臺北市 :
新銳文創, 2018.03
面 ; 公分 -- (血歷史 ; 105)
BOD版
ISBN 978-957-8924-02-4(平裝)

857.63 107001769

讀者回函卡

感謝您購買本書，為提升服務品質，請填妥以下資料，將讀者回函卡直接寄回或傳真本公司，收到您的寶貴意見後，我們會收藏記錄及檢討，謝謝！如您需要了解本公司最新出版書目、購書優惠或企劃活動，歡迎您上網查詢或下載相關資料：http:// www.showwe.com.tw

您購買的書名：________________________________

出生日期：________年________月________日

學歷：□高中（含）以下　□大專　□研究所（含）以上

職業：□製造業　□金融業　□資訊業　□軍警　□傳播業　□自由業
　　　□服務業　□公務員　□教職　□學生　□家管　□其它_____

購書地點：□網路書店　□實體書店　□書展　□郵購　□贈閱　□其他

您從何得知本書的消息？

□網路書店　□實體書店　□網路搜尋　□電子報　□書訊　□雜誌
□傳播媒體　□親友推薦　□網站推薦　□部落格　□其他__________

您對本書的評價：（請填代號　1.非常滿意　2.滿意　3.尚可　4.再改進）

封面設計____　版面編排____　內容____　文／譯筆____　價格____

讀完書後您覺得：

□很有收穫　□有收穫　□收穫不多　□沒收穫

對我們的建議：________________________________

____

____

____

請貼
郵票

11466
台北市內湖區瑞光路 76 巷 65 號 1 樓
秀威資訊科技股份有限公司 收
BOD 數位出版事業部

（請沿線對折寄回，謝謝！）

姓　名：＿＿＿＿＿＿＿＿　年齡：＿＿＿＿　性別：□女　□男

郵遞區號：□□□□□

地　址：＿＿＿＿＿＿＿＿＿＿＿＿＿＿＿＿＿＿

聯絡電話：(日)＿＿＿＿＿＿＿＿＿＿ (夜)＿＿＿＿＿＿＿＿＿＿

E-mail：＿＿＿＿＿＿＿＿＿＿＿＿＿＿＿＿＿＿